·文学新观赏·青少年读写范典丛书·

桃花笑

闵凡利 | 著

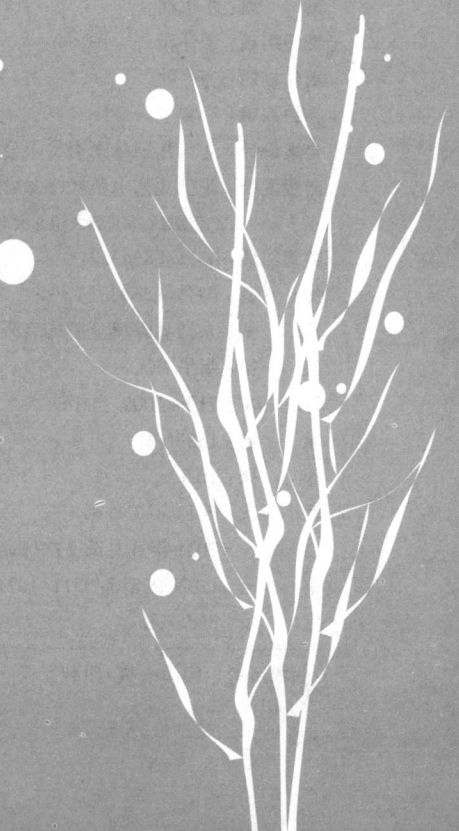

花山文艺出版社

图书在版编目(CIP)数据

桃花笑 / 闵凡利著. —石家庄：花山文艺出版社，2013.6(2021.6重印)

("读·品·悟"文学新观赏·青少年读写范典丛书)

ISBN 978-7-5511-1021-1

Ⅰ.①桃… Ⅱ.①闵… Ⅲ.①小小说–小说集–中国–当代 Ⅳ.①I247.8

中国版本图书馆CIP数据核字(2013)第111895号

丛 书 名：文学新观赏·青少年读写范典丛书
主　　编：高长梅　王培静
书　　名：桃 花 笑
作　　者：闵凡利

策　　划：张采鑫
责任编辑：于怀新
责任校对：齐　欣
特约编辑：李文生
全案设计：北京九洲鼎图书有限公司
出版发行：花山文艺出版社(邮政编码：050061)
　　　　　(河北省石家庄市友谊北大街330号)
销售热线：0311-88643221
传　　真：0311-88643234
印　　刷：永清县晔盛亚胶印有限公司
经　　销：新华书店
开　　本：710×1000　1/16
字　　数：150千字
印　　张：10.5
版　　次：2013年7月第1版
　　　　　2021年6月第2次印刷
书　　号：ISBN 978-7-5511-1021-1
定　　价：36.00元

(版权所有　翻印必究·印装有误　负责调换)

读,是为了更好地写

高长梅

阅读的目的是长见识,是提升自己的文化素养。这是"读"的基本意义。

很多时候,我们的阅读也无任何的目的,就是为了消遣,为了解闷,为了打发时光。其实,这是"读"的另一种境界。

但对学生乃至爱好写作的人而言,"读"还是为了"写",即人们常说的"读写结合"。这,却是大有讲究的。

"读什么","怎么读","读"如何促进"写",这个问题困扰人们少说也有两千多年了。外国不言,单说我国自《诗经》始,《四书五经》到《千家诗》《古文观止》《唐诗三百首》,哪一个的"读"不涉及后人的"写"?"熟读唐诗三百首,不会作诗也会吟"就说明了"读"和"写"的朴素关系。

"读"于"写"的第一点,当是语言的积累。对绝大多数人而言,"会说"也"能说"几乎是与生俱来的,但这些不一定就是我们写作的语言。即使你"会说"、"能说",但不一定能准确表述你的想法,你的所见所闻;尤其是不一定能用丰富的、生动的、形象的语言或简洁的、凝练的、科学的语言来描述人或事物或观点。写作当如建房,没有各式各样的语料积累,其结果可想而知。巧妇难为无米之炊,再牛的能工巧匠没有基本的建筑材料他也盖不起房子来。但语言积累,不是简单的语言记忆,要内化为自己的,要在自己的胸中发酵,要让它带上自己的思想、情感。这样,在写作运用时,就不会是简单的模仿甚至抄袭。即使是原句引用,也会与你的文章融为一体,恰到好处。初学写作者,常常苦恼自己词汇少,不能准确表述自己的思想；或苦恼自己写得干巴巴的，没血没肉；或苦恼自己虽写得字通句顺，却不像别人写的那样摇曳多姿；等等。多积累语言，是根治这种"疾病"的唯一药方。因此，我们在"读"时，就要看别人是怎么用字、怎么用词、怎么用句……来描写、叙述、来情、议论的。

"读"于"写"的第二点，当是技巧的化用。"我手写我心"，看似简单轻松，看似随意，但正如建房，砖头、瓦块、木料等都摆在了你的面前，却不是任何人都建得了房的，你得有建房的技能。写作也是一样，你得掌握一定的技巧。人物怎么描写，事件怎么叙述，情感如何抒发，道理如何论证，等等，你得掌握其基本的方法，然后才能"心到手到"，写出一篇像样的文章。我们要像建房者，先做"小工"，看人家是如何砌墙、如何粉刷的；然后做"匠人"，亲自实践，在模仿中掌握其方法，逐渐为我所用；"匠人"做多了，熟练了，就成了"师傅"。"师傅"一级，技巧娴熟，房建得漂亮。而用心的"师傅"爱钻研，爱琢磨，结合他人的方法创造出更好的新方法，他就成了"建筑师"。写作同理。我们不少阅读者，语言的积累比较重视，但琢磨人家写作技巧的不多，所以文学爱好者不少，但成为作家的就少多了，原因大概与这有一定的关系。因此，我们在"读"时，就要看别人是如何选择材料、如何谋篇布局、如何安排结构、如何运用表达方式、如何布置情节……看他们如何安排重点、如何把人物写活、件、如何条分缕析丝丝入扣、如何巧妙起承转合……

"读"于"写"的第三点，当是思想的融合。有了语言的积累，也掌握了一定的技巧，文章也写得是这么一回事了。但你的文章仅仅止于此，那也不过如同一栋能住人的房子而已。一篇文章品质的高低，除了语言的准确、生动、丰富、优美、灵动……除了构思的奇巧、结构的多元、情节的波澜、布局的精妙、手法的多变……是否有思想就显得格外重要。我们常说，这篇文章语言优美，构思巧妙，但立意不高。我们还常说，这篇文章不仅语言优美，构思巧妙，而且立意高，有思想。一篇仅靠语言打扮的文章，就好比一个俗人涂脂抹粉;一篇仅靠卖弄技巧和语言的文章,就像一个没有灵魂的美人卖弄风骚而已。语言可以记忆,技巧可以模仿,但思想要靠领悟,要融入作品之中去反复地阅读,要从深层次去寻找作者的精神。有的人的文章写得很美,技巧也妙,但就是没有深度,没有思想,没有灵魂,没有底蕴,往往就事论事,往往只是当复印机,复制了场景,复制了人物,复制了事件,但都是没有活力,没有生气,没有精神的。在阅读中提升自己的思想,的确常被我们忽视。思想靠别人的潜移默化来,精神也靠别人的影响而来。我们常听说在阅读中提升了自己,净化了自己,受了一次洗礼似的教育,等等,大约就是指这些吧。所以,我们在"读"时要琢磨别人是如何通过人物的描写表现人物的思想、精神,琢磨别人如何通过将一般人眼中的小事、凡事写出其社会价值,琢磨别人如何从一滴露珠看出太阳的光芒……如何选择语言材料最准确、最鲜明地表达出思想内容而非干巴巴贴标签,如何通过景、人、物悟出其蕴含的道理而非故弄玄虚牵强附会……

"读"于"写"的第四点,当是情感的交融。文章当有情,无论你是否抒了情,情就不自觉地流出了你的笔端。阅读中,我们除汲取作者的语言养料、技巧养料、思想养料外,还要品味、感受作者的"情"。与作者同悲,与作者人物同喜,置于作者笔下的优美环境而赏心悦目,等等。这就是受作者之"情"的"滋润"。文章是否感人,除了语言、思想外,有无"真情"很重要。朱自清的《背影》靠的是"情"的打动,鲁迅的《记念刘和珍君》这篇"血写的文章"其实靠的也是"情"的喷发。一篇只有华丽的语言而无思想的文章犹如没有灵魂的躯壳;一篇即使有非凡高度思想而无情感的文章也不过是一具可能具有文物考古价值的木乃伊。但"情"在文中的宣泄如何把握,这也是我们在阅读中要学习的。这也是我们常犯的错误。写作中我们或无病呻吟虚假瘆人,或情溢滥觞叫人发腻。让"情"如何恰到好处,非向好文章学习不可。这样,我们在"读"时,就要仔细琢磨别人是如何选择写作语言表达出作者的喜怒哀乐之情,如何传递作者人物的喜悦、哀思、忧怨、恋情,或深、或浅、或缠绵、或热烈,或似小溪的舒缓、或似大海的波涛、或似斗室之花的温柔、或似山野之花的奔放……看作者如何褒贬对象,看作者如何措辞达意致情,看作者如何巧借人、事、景、物以寄寓情感……

"读"于"写"的第五点,当是风格的鉴赏。所谓风格,它是一个作家成熟的标志,是作者在文章(文学作品)中表现出来的艺术特色和创作个性。我们鉴赏其风格,主要是学习他如何创造和完善文章(作品)的风格,也就是看作者在处理题材、驾驭体裁、描写形象、表现手法、运用语言等方面各有什么特色,最终形成了怎样的风格。这些风格,最后成了一个作家个性化的标志。当然,这是"读"的高要求了。琢磨多了,实践多了,很多写作者也形成了类似的风格,便也融入了原作者的风格之中,也就形成了"派"。比如"荷花淀派"、"山药蛋派"、"读者体"、"知音体",等等。当然,也不能简单模仿,也要适时变化,否则当年散文必"杨朔式"、小说必"欧·亨利式"的文学闹剧就会重演。

习作者若能此,写出好文章就有可能了。

弄明白了这些,还有一个重要的问题是选择什么样的读物。读名著,当然好。但很多名著由于作者所生活的时代不同,社会环境不同,或阅读者的阅历不够,文化积累不够,不一定读得懂,更不用说借鉴于自己的写作了。

基于此,我们推出了这套《文学新观赏·青少年读写范典丛书》。这些作品,不是名著,但是属于好作品;没写重大题材,但大都真实反映了社会生活的变迁,人们精神面貌的焕然一新;没有高深莫测的技巧,但或平实、或奇巧、或清新可人、或浓郁奔放,更适合青少年读者学习、借鉴。

目 录

千年姜宝　/001

桃花艳　/029

活镖　/035

死招　/042

手中的幸福　/053

梅花瘦　/056

桃花笑　/060

菊花痛　/064

墨子化剑　/068

小开小开回家来　/114

如山的母亲　/123

一个乞丐　/131

好病　/140

和父亲有关的植物　/151

千年姜宝

这是秋天的一个好日子。太阳刚出来,小花鹿妈妈就把早饭做好了。小花鹿乐乐正做着美梦,被妈妈叫醒了。

妈妈说:"乐乐啊,还睡懒觉啊?你忘了今天去干什么了吗?"

今天是星期天,不上课啊。乐乐一脸茫然。

妈妈提醒:"你忘了,昨天晚上咱们商量好的,你今天去外婆家!你真是个忘事精。"

乐乐猛然想起来了,昨天晚上和妈妈说好了,他去外婆家,给外婆送越冬的菜。

春天的时候,乐乐和妈妈在他家门南的空地里种了一大块地红萝卜。今年雨水好,红萝卜获得大丰收。昨天是星期六,他和妈妈把红萝卜都刨了。妈妈专门收拾了一小篮子,让他今天吃过早饭给外婆送去!

乐乐不好意思地摸了摸头,对妈妈笑了。接着,小花鹿乐乐以百米冲刺的速度穿衣下床。饭菜妈妈早端上了桌子。乐乐洗了手就直奔饭桌。今天早上妈妈做了他最爱吃的白菜叶汤,还有他的最爱胡萝卜饼。乐乐风卷残云,不一会儿就把桌上的胡萝卜饼和白菜叶汤吃得干干净净。之后把嘴一抹问妈妈:"去外婆家的东西,都收拾好了吗?"

妈妈正在收拾他吃过的碗筷,听乐乐这么问,把嘴往门外一努说:"好了,在屋门口放着呢!"

乐乐到门口一看,屋门口外面放着一个竹篮子,外面有印花布盖着。印花布下面放了满满一篮子大个的红萝卜。

乐乐挎起小竹篮对妈妈说:"妈妈,我去外婆家了!"

妈妈看着乐乐的背影说:"路上小心车辆,快去快回!"

"我知道了!你放心吧!"远处传来乐乐快乐的回答。

二

外婆家在东边老羊墩,要翻过两座山,一座是龟山,一座是龙山。外婆家乐乐以前常跟着妈妈去,闭着眼也能找到,所以昨天晚上妈妈让他去外婆家送红萝卜,他连想也没想就答应了。

刚出村口,就见前面急匆匆过来一个人,乐乐一看,不是别人,是他的同学小猴能能。能能在他前排。在他们梅花鹿村南面的猴王村。小猴能能走得匆忙,走得满头都是汗水。乐乐就打招呼:"能能,这么急,干什么去?"

小猴看是小花鹿乐乐,就扬了扬手中的信说:"乐乐好,我去黄牛岭,给黄牛伯伯送信。"

在动物森林里,谁都知道,送信的是鸽子飞飞。能能什么时候做的邮递员?

能能看乐乐不解,就停下脚步给乐乐解释:"这两天,鸽子飞飞感冒了。我替他做邮递员。这不,很多信件我一早上都送完了,就还差黄牛伯伯这一封鸡毛信。"

乐乐明白是怎么回事了,就对能能竖了一下大拇指:"你真是好样的!"

能能不好意思了,有点害羞地说:"你才是好样的!昨天你帮妈妈刨了那么大一块地的红萝卜。我该向你学习!"

乐乐低下了头,说:"我那是干自己家里的活,可你却是为咱们大家服务。说起来,我应该向你学习!"

能能说:"咱们都不要这么谦虚了,对了,你知道黄牛伯伯家吗?"

乐乐以前跟着妈妈给黄牛伯伯拜过年,知道路。就问小猴能能:"你没去过黄牛伯伯家?"

小猴能能点了点头:"没去过。我不知道在那儿。"

乐乐用手指了指西边的黄牛岭:"黄牛伯伯家在哪儿。可他住在村子的西边,离村子有三里路,可难找了。"

能能脸上露出难色:"这是封加急信,你看上面贴着三根鸡毛。是黄牛伯伯的儿子寄给黄牛伯伯的。"能能说:"乐乐,你能不能帮帮我,咱们一块去黄牛伯伯家,把这封鸡毛信给他送去?"

乐乐看了看篮子,又看了看太阳。太阳还很红,现在也不过八点。乐乐把胸脯一拍:"好!我带你去黄牛伯伯家!"

三

乐乐和能能向黄牛岭走去。在路上,能能问乐乐:"这么一大早,你拎着篮子去干什么啊?"

乐乐告诉能能:他今天故意早起的,目的是给外婆送越冬的红萝卜。

能能笑着告诉乐乐:等他把信交给黄牛伯伯,就陪乐乐一起去老羊墩,给乐乐外婆送红萝卜!

乐乐一听高兴得蹦起来说:"太好了!太好了!"

有了乐乐的引路,黄牛伯伯的家没费多少周折就找到了。

黄牛伯伯家的门没锁,看样家里有人。

能能就大声喊:"黄牛伯伯,你在家吗?我是小猴能能,我和乐乐给你送信来了!"

屋里没人应。

能能和乐乐对视一下。乐乐又大声喊了一遍。

还是没人应。这时,乐乐听到屋里传来一声低低的哀叫声。

乐乐对能能说:"你听。"

能能说:"听什么?"

乐乐说:"你屏住气,仔细听!"

能能和乐乐就屏住气,仔细听,果然,他们听到屋里传出了细微的声音。那声音里,有痛苦,有无力,还有无助。

能能说了声不好。当然,这些乐乐也已想到了,他忙放下篮子,和能能一起向黄牛伯伯屋里跑去,当推开黄牛伯伯的屋门,他们惊呆了——

黄牛伯伯躺在地上,急促地喘着气。看黄牛伯伯桌上歪倒的药瓶子,乐乐马上反应过来。他对能能说:"黄牛伯伯的心脏病犯了!"

能能急得直搓手:"这可怎么是好?这可怎么是好?"

乐乐镇定下来,说:"能能,你别紧张,也别急,咱们先冷静下来。我听咱们森林医院的大夫说:心脏病犯的时候,不能动,要先给病人服上三粒速效救心丸。来,你去倒开水,我来找找药,看黄牛伯伯的速效救心丸在哪儿放着!"

能能找来了水。乐乐在黄牛伯伯的脖子上发现了速效救心丸药瓶。他从小瓶内倒出三粒,和能能一起把药喂到黄牛伯伯的嘴里。之后,乐乐对能能说:"现在,黄牛伯伯不能动。咱们俩分工,你在这儿看护着黄牛伯伯;我去医院叫救护车来,好不好?"

小猴能能点了点头。

乐乐拔腿向森林医院跑去!

四

森林医院在北边的碧山腰上,从黄牛岭到那儿很远。中间还得翻过两条河。小花鹿乐乐匆匆地跑,前面走过来一堵"墙",乐乐一头撞到"墙"上。"墙"很柔软,乐乐一下子摔在地上。这时,"墙"说话了:"这不是小小花鹿乐乐吗?你这么急慌慌的,遇到什么事了?"

一听声音乐乐知道遇到谁了,是大象壮壮。壮壮和他是一个学校的校友,比他高一个年级。乐乐抚摸着自己被撞疼的头说:"是壮壮哥哥啊,黄牛伯伯的心脏病犯了,我这是去医院,叫救护车来!"

大象壮壮一听说:"哎呀,你这么跑,跑到医院最少也得两小时。等到救护车来,黄花菜都凉了!"

乐乐一想对啊,医院那么远,等我到了医院,黄牛伯伯不知怎么样了呢!

大象壮壮提醒乐乐:"你先不要去了,咱们想个办法,让腿最快的去报信,不就行了?!"

乐乐问壮壮:"谁的腿最快呢?兔子?还是小狗?"

大象壮壮摇摇头:"你这个小男生呀,要动脑子!"

这时,喜鹊叽叽喳喳地过来了。大象说:"腿长的来了。"

乐乐用手一指喜鹊不解地说:"他的腿长?他的腿不长啊?还不如我的长啊!"

壮壮说:"他的腿不长,可他有翅膀啊!"

一句话点醒了乐乐:"对啊。喜鹊欢欢一翅膀子够我跑半天的!"

大象壮壮对喜鹊欢欢说:"欢欢,你收起翅膀,听我说一件事,好吗?"

"好啊。"欢欢边说边收起翅膀,落到大象壮壮的身上。

壮壮说:"欢欢啊,黄牛伯伯的心脏病犯了,麻烦你去医院叫救护车,好吗?"

欢欢当即答应:"是这么紧急的事啊!好,我马上去!"说完,便展开翅膀,飞上天空,只一会儿,就不见了踪影。

壮壮说:"怎么样,欢欢的腿比你跑得快吧?"

乐乐不好意思地用手挠了一下头,脸红着点了一下头。

壮壮说:"医院的救护车马上就会到,咱们别在这儿待着了,快点去黄牛

伯伯家吧！"

乐乐说好！

乐乐和壮壮一起向黄牛伯伯家跑去！

五

乐乐和壮壮来到黄牛伯伯家没多久，喜鹊欢欢就带着森林医院的救护车来到了。由于先吃了速效救心丸，黄牛伯伯这时已经醒过来了。但黄牛伯伯的身体还很危险，很虚弱，还得需要到森林医院里治疗。当然，在这之间，黄牛伯伯已经把他儿子给他的鸡毛信看了。

在森林王国里，一般的信是不需要插鸡毛的。要是插上鸡毛，那都是紧急的信件。插一根鸡毛，表示紧急；插两根，表示特急；插三根，表示十万火急！黄牛伯伯收到儿子的这封信，就是插的三根鸡毛！

这是一封十万火急的鸡毛信。黄牛伯伯的儿子黄威武是森林王国的战士，在保卫着森林王国北部的边疆。近期，森林王国北部的边境上发生了一场瘟疫，这场瘟疫的症状就似感冒。有这种症状的战士流鼻涕，发热头疼，身体打摆子，一连半个月都不好，削弱了部队的战斗力。部队的领导从北部找来资深大夫企鹅教授。企鹅教授看了此症开出一个药方。这个药方就是用百年葱头和千年姜宝放在一起熬汤喝。只有喝了这个汤，战士们的病才能痊愈。百年葱头他们找到了，现在就缺千年姜宝了。黄威武记得，黄牛伯伯给他讲过千年姜宝的故事，并且知道千年姜宝长在哪里，他来这封信，就是请父亲快点把千年姜宝找到，用特快专递送给他，好给战士们治病。

看罢信，黄牛伯伯叹了一口气，临上救护车时，黄牛伯伯把鸡毛信交给乐乐，对身边的乐乐、能能、壮壮说："孩子们，伯伯要交给你们一个任务，这是一个十万火急的任务。你们去恐怖谷，去找千年姜宝，好不好？"

乐乐看罢信，转给能能，能能又转给壮壮。落在大象身上的喜鹊欢欢在壮壮看信的时候很快地把信看了。为了让黄牛伯伯安心养病,大家异口同声地说:"黄牛伯伯你就放心吧,我们一定找到千年姜宝,给威武哥哥寄送过去!"

看到孩子们答应得这么干脆,黄牛伯伯很感动。他告诉这几个孩子:"千年姜宝在最西边的恐怖谷,那儿有很多的野兽看着,还要经过黑水河、鹰嘴等地方。有很多危险啊!"大家说不怕,为了咱们森林边境的战士们早日战胜瘟疫,就是再大的困难,也能克服!

看到孩子们态度这么坚决,黄牛伯伯脸上露出了笑容。

本来大夫想要欢欢跟着去医院的,为了帮着大家找到千年姜宝,欢欢留了下来。

乐乐看了看能能、壮壮、欢欢,大家眼里都闪着坚定的目光。乐乐说:"路途很远,有很多艰险,大家谁不愿意去,现在可以退出。"大家都摇头。乐乐说:"那,我们就出发吧!"

大家跟着乐乐,向恐怖谷方向走去!

六

恐怖谷在黄牛岭西边。说起来不太远,隔着两条河,一座山。壮壮为了减少大家的体力消耗,他用鼻子把乐乐、能能都卷到自己背上,欢欢也落在他的耳朵上,壮壮迈开了大步。

走了没多久就到了一条河,也就是黑水河。河里流动的水又黑又臭。原来这条河里的水清澈见底,只是因为上游的人类不注意环境保护,在上游的河岸旁建了一些化工厂、造纸厂、硫酸厂什么的,污染太严重,从此,这条河就慢慢变浑了,变臭了,变黑了。原来住在河边的很多动物们都陆续搬了家。这条河因而荒凉起来。

乐乐、能能、壮壮还有欢欢一起站在河边,望向河对岸。河很宽,河里死

气沉沉,没有一条船。这样的黑水河,什么东西都不能生长,并且水还有毒,沾到身上一点就会令皮肤溃烂。现在,这条河两边的河床连草都不生长了。

看着滔滔翻滚的黑水河,壮壮犯愁了,说:"要是条清澈的小河,我驮着你们就过去了。可现在,这条河又深又宽,咱们怎么过啊?"

欢欢也说:"可惜我是只小鸟,我要是大鹰什么的,我可以叼着你们过去。可我没有这个能力啊?这如何是好啊?"

乐乐看着翻着浪花的黑水河,对壮壮说:"大家不要犯愁,来,咱们冷静下来,想个办法。"

壮壮一语道破:"想什么办法?除非有船!"

能能说:"是啊,没船,咱们不好过这条河啊!"

欢欢说:"是啊,你看这儿,什么人家都没有,去哪儿找船啊?"

乐乐很冷静,没有言语,向四周一看,看到很多高大的树木,他又看了看大象壮壮那威武的鼻子,说:"哎,有了!有办法了!"

大家都问他什么办法?

乐乐没有回答,只是用手指了指不远处的一棵树问壮壮:"这棵树,按你现在的气力,能拔出来吗?"

壮壮看了看这棵树,也没说能不能拔出,只是快步走到那棵树前,用鼻子一卷,把那棵树拔了出来。

乐乐见了拍着手说:"太好了。我们能过去黑水河了!"

大家更是不解。

乐乐先没说出他的计划,只是又让壮壮拔了十几棵树。

看着这些倒在地上的树木,乐乐问能能:"知道孙悟空从花果山出去学艺时,乘坐的是什么吗?"

能能骄傲地说:"这个你难不倒我,我的老祖乘坐的是什么,是竹筏!"

乐乐点点头:"能能说得对。如果现在我们把这些树木捆扎在一起,不就是一个木筏吗?"

能能一拍脑瓜说对啊!

壮壮也点了点头,给乐乐竖了一下大拇指:"那太好了,我怎么就没想到啊!"接着又说出他的担忧:"可现在,我们没有绳子啊?"

乐乐一笑:"在我们这个森林,缺什么,也缺不了绳子啊!"

壮壮问:"那,在哪呢?"

能能反应得很快,他指了指攀着树生长的树藤说:"哎呀,树藤不是绳子吗?!"

一句话提醒了壮壮和欢欢:"对啊!咱们现在就捆扎木筏!"

大象壮壮把拔下的树又用鼻子卷到河边。接着去森林里弄来树藤。大家一起动手,不一会儿,就把木筏捆扎好了。为了不让黑水河里的水沾着大家,壮壮又卷来十几棵树,在下面又加了一层底。现在,木筏是双底木筏了。

大家把木筏推到河里。能能掌篙,负责撑着筏子;乐乐指挥,负责掌握在哪儿上岸。造木筏时都是大象壮壮劳动,这会儿累了,上了木筏,就卧在木筏上,歇着了。

当筏子来到河心时,突然从上游传来救命声。声音很微弱,大家都听到了。欢欢说:"我去看看。"说着展翅向上游飞去。

不一会儿欢欢回来了,告诉大家:"喊救命的是蚂蚁。蚂蚁在一片树叶上,正以很快速度向下游漂来呢!"

乐乐、壮壮、能能当机立断:"一定要把蚂蚁救下来!"

能能稳住篙,大象壮壮站在木筏上,欢欢在前面飞着,不停地告知大家那片树叶飘到哪儿了。乐乐在一旁指挥着。当那片乘坐着蚂蚁的树叶来到木筏边时,大象壮壮用鼻子一卷,就把那片树叶卷上了木筏。

壮壮把惊魂未定的蚂蚁放到木筏上。满头是汗的蚂蚁忙给大象磕头:"谢谢你,大象哥哥!"

壮壮扶起小蚂蚁,说:"你不该谢我,你应该谢谢他们,没他们的配合,我是救不了你的!"

蚂蚁就对大家一一表示谢意。乐乐就问蚂蚁是怎么落进黑水河里的?

蚂蚁说:"我叫小小,住在前方的森林里。今天我爬上树叶玩时,没想到

树叶一下子掉了下来,后被风卷起,卷到了黑水河里。要不是碰到你们,我今天肯定是死定了!"

乐乐他们上了岸,然后对蚂蚁说:"你回家吧,别让爸妈挂牵。我们要去恐怖谷,就不便送你回家了。"

一听说去恐怖谷,蚂蚁小小来了精神:"你们去过恐怖谷吗?"

小伙伴们都摇头。小小说:"你们救了我的命,我没什么报答你们的,我就给你们带路吧!"

壮壮问小小:"你知道去恐怖谷的路?"

小小说:"我以前跟着我的族长去过,我知道去那里的路!"

大家问:"真的?"

蚂蚁说:"你们刚救了我,我怎么会对你说谎呢,是真的!我带你们去!"说着就自己向前方爬去。

乐乐、能能、壮壮、欢欢只好跟在蚂蚁的身后,向前方走去。

七

蚂蚁的步子太小,大象壮壮就把蚂蚁和这些小伙伴们都放到他身上。蚂蚁站在壮壮的头顶,给壮壮指着去恐怖谷的路。壮壮的步伐大,一步要赶蚂蚁半天走的。没用多久,他们一行就来到了恐怖谷的必经之路——鹰山的山口。

鹰山很高,高耸入云,只有鹰才飞得过去。故名鹰山。鹰山下有一个山口,叫鹰嘴。要进入恐怖谷,只有走鹰嘴,除此,别无他路。

鹰嘴有一个动物在把守着。这个动物是森林里谁见谁都怕的狮麒麟。狮麒麟凶残冷酷,据说他有一颗铁石一样硬的心。

大象壮壮和伙伴们还没来到鹰嘴时,狮麒麟早就站在路口等候了,看到壮壮、乐乐、能能他们,哈哈一笑:"我说我怎么闻到有肉香呢,原来是又给我送来了这么几个活物,哎呀,这几个活物,够我解几天馋的!"

乐乐上前说:"狮麒麟大哥,我们是去恐怖谷找千年姜宝的。你放我们过去吧!"

狮麒麟摇摇头:"此树是我栽,此路是我开,要想从此过,请把命拿来!"

壮壮上前说:"狮麒麟大哥,咱们森林边境的将士们现在染了瘟疫,急需千年姜宝做药引,为了咱们边境的战士们,你就行行好,放我们过去吧!"

狮麒麟说:"放你们过去,说得怪好听。边境的人有瘟疫与我有什么相干?"

能能说:"再怎么说,你也是咱们森林里的一员啊!战士们保护森林王国,这其中也包括你啊!"

狮麒麟说:"就算包括我又怎么样?从早上起来,我到现在还没吃早饭呢!我肚子正饿得咕咕叫呢,你想到了吗?行,我今天发发善心,就吃你们中的一个,剩下的,我放你们过去!"

蚂蚁马上走到狮麒麟跟前说:"那,那你吃我吧!"

狮麒麟看了看蚂蚁小小,不屑地说:"你这个小东西,还不够我塞牙缝的呢!去去去!"说着把眼睛转向乐乐和能能,然后对蚂蚁狡诈一笑,说:"我要吃的是梅花鹿和小猴。如果能让我吃大象,那是最好不过的了!"

乐乐对壮壮和能能说:"你们大家去恐怖谷!牺牲我一个,能换来边疆战士们的康复,能换来我们森林的安全,我愿意去让狮麒麟吃!"

能能不答应:"不行,你还得指挥大家呢!要让狮麒麟吃,你还是让给我吧!"说着把乐乐推到一边,自己站到了最前边。

这时他们头上的天空中传来奸笑声:"哈哈哈,你们这样让来让去,好感人啊!"

大家抬头看去,是一只鹰。鹰不知从什么地方来的,嘴里叼着一大块腊肉。腊肉在滴着油。

能能看着鹰,低声对乐乐说:"有来救我们的了,我们都不用去死了,有办法了!"

乐乐问:"什么办法?"

能能用手指了指落在树上的鹰。

八

老鹰用嘴叼着肉,心想:他们在嘀咕什么呢?别是打我腊肉的主意吧?这块腊肉我可是从很远人类的腊肉厂里偷出来的。无论如何,我不能像以前的那只乌鸦,他那次也是从那个腊肉厂里偷出一小块腊肉,遇到了那只狡猾的狐狸。狐狸是个什么东西?是最会骗人的,他眨着两眼说瞎话,说乌鸦唱歌好听。想听乌鸦唱一首。乌鸦这个傻二啊,他本来就五音不全,听狐狸一夸他,找不着北了,以为自己真的就是百灵鸟啊,就唱了。一张口,那块油汪汪的腊肉,就从他嘴里掉下去了,被下面伸长脖子的狐狸接着了。哎呀,这是教训啊!是活生生的教训啊!甜言蜜语是最害人的了!

能能对乐乐眨了一下眼睛,意思是说,你看我的。乐乐会意地点点头。

能能抬头看了看落在头顶树枝上的老鹰说:"呀,这不是老鹰叔叔吗?你这是从哪里回来的啊?"

老鹰想,我不能跟他们说话,要是跟他们一说话,我的这块腊肉不得掉下去吗?就哼哼了两声。

能能看老鹰这么哼哼,就知道他在想什么了,就低声对乐乐说:这个老鹰狡猾着呢,提防着我们呢!

乐乐点点头。能能说:"看来,赞美法不管用了,只好使激将法了!"

乐乐点了点头。

能能说:"老鹰叔叔,昨天我遇到乌鸦伯伯了。他正赞美你呢!"

老鹰一听很高兴,扑扇两下翅膀,意思是说:乌鸦是怎么赞美我的?

能能说:"赞美的话,我不能说,说了怕你生气!"

乐乐也说:"我们不能说,我们说了,你肯定生气!"

老鹰又扑扇了两下翅膀,意思是说:我不会生气。

乐乐说:"那,我来说吧。乌鸦伯伯说,你是飞禽家族中最没脑子的家伙。不光懒惰,还最爱偷嘴,并且是大家公认的大笨蛋!大傻瓜!……"

老鹰火冒三丈,没等乐乐说完,就大声说:"他乌鸦才是大笨蛋,大傻瓜呢!……"

老鹰话没说完,嘴上叼着的腊肉落了下来,被下面的能能一把接住,然后送到狮麒麟的嘴边。老鹰看着掉下的腊肉,知道中计了,飞起身子才要去追能能,没想到能能已把肉送到狮麒麟的嘴边。谁都知道狮麒麟是一个六亲不认的猛兽,老鹰站在树枝上大骂乐乐能能:"你们两个笨蛋……"

狮麒麟吃着那流油的腊肉,对大象壮壮他们一挥手,意思是说:你们可以通过了……

九

乐乐、能能、壮壮一行顺利过了鹰嘴。

前面是越来越茂盛的森林。太阳正在头顶上。现在已是吃午饭的时候,大家都感到肚子饿了。好在这儿野果什么的多,几个小伙伴就摘了一些野果什么的吃了。吃过后,大家都感觉到了渴。蚂蚁小小告诉大家:"前面有条河叫甘露河,河里水很清,也很甜。咱们去那里喝水。"

大家说好。

大家随着蚂蚁小小向甘露河走去。穿过一片大树林,又走过一片野香蕉林,前面就是那条涓涓流淌的甘露河了。

看到甘露河,大家都很高兴,张着手向河边跑去,乐乐跑在最前面。可让大家吃惊的是,随着乐乐的一句啊的一声,乐乐消失了。

来到乐乐消失的地方一看,原来乐乐掉进了一个陷阱里。

这个陷阱是来偷猎的人类挖的,目的是捉到河边来喝水的动物。陷阱

很深。四壁很陡。多亏底下没有插竹竿什么的,不然,乐乐就被串成糖葫芦了。

大象壮壮在陷阱边跪下,把鼻子放进陷阱,可鼻子尖离陷阱底的乐乐还有一段距离。

小猴能能想起先人们捞月亮的故事,对大象壮壮说:"来,我再给你接一段,不就够了!"说着,他用尾巴钩住大象壮壮的鼻子,用手去抓掉在陷阱里的乐乐。

但这个陷阱太深了,还是够不着。壮壮只好把能能弄上来。

看着掉在陷阱里的乐乐,大家都皱起眉头。

乐乐在陷阱里对陷阱边上的伙伴们说:"你们不要管我,快蹚过甘露河,去恐怖谷,找千年姜宝!"

喜鹊欢欢和蚂蚁小小说:"不把你救出来,我们怎么有心情去恐怖谷?一定要把你救出来!"

壮壮和能能也说:"一定要想办法把你救出来!"

乐乐在陷阱底说:"时间紧急啊!你们不要管我啦!"

能能猛然想起什么似的说:"哎,有了。"他来到陷阱边问:"乐乐,你会游泳吗?"

乐乐说:"今年夏天,我在咱们森林王国的游泳池里跟鲤鱼学过。结业考试时,我得了第二名呢!"

能能说:"好。有了!我有救你的办法了!"

壮壮问:"什么办法?"

能能附在壮壮耳边一五一十地说了。说得壮壮直给能能竖大拇指说:"这么简单的办法,我怎么就没想到呢?能能,你真的太聪明了!"

之后,壮壮就按能能说的行动起来,他跑到河边,用鼻子狠狠地吸了一肚子水,之后,把水都喷到了陷阱里。这样来来回回,如是几次,不一会儿,陷阱里的水就升起来了,乐乐如皮球一样浮在水面上。等到水面上升到壮壮鼻子够得着的地方,壮壮就伸出鼻子把乐乐卷上了陷阱……

十

　　甘露河其实不深，大象壮壮为了不让大家弄湿身子，就都让大家上了他的身，他自己淌着河就过来了。

　　前边到了恐怖谷。一入谷口，大家就看到道路两旁有很多动物的骨骼。一看这些白骨，大家都知道，这是大蟒蛇黑脸的杰作。所有进入恐怖谷的动物，只要遇上这个狡诈凶残的家伙，都难逃他的魔掌。

　　看到这些森森白骨，大家都浑身直起鸡皮疙瘩，能能和欢欢的牙齿直打架。乐乐看大家心里有些胆怯，就对大家说："对待像黑脸这样的蟒蛇，我们不能和他斗勇斗力。因为那样，我们大家绑在一块都不是他的对手，要想战胜他，我们要和他斗智。"

　　大象壮壮点了点头，赞许乐乐的话，他说："我听说，这个黑脸是非常爱虚荣的家伙，他虽然狡诈，但不一定有我们这么多人的智慧。我们就用智慧来打败他！"

　　大家都点头。

　　乐乐就壮大家的胆："我们来找千年姜宝，是为了救森林边境的战士，我们是正义的，再说了，咱们这么多人，还怕他一条蟒蛇吗？"

　　大象壮壮说："对啊，三个臭皮匠，顶个诸葛亮。我就不信，凭咱们大家的智慧，还对付不了一个黑脸？！"

　　蚂蚁小小说："团结力量大，咱们五个小伙伴，肯定能对付黑脸！"

　　能能说："对，集结我们五个小伙伴的力量和智慧，我们一定能战胜黑脸！"

　　"谁这么大的口气啊？"远处传来了阴森森的声音，"哼，想战胜我黑脸，那样的动物还没有出生呢！"这时，一条如水桶一样粗，有二十多米长的蟒蛇从远处慢慢爬了过来。

　　大家虽嘴上说不怕，可黑脸爬过来，大伙还是吓得往后退了一步。

黑脸来到大伙跟前说:"你们几个,谁是头?你们为什么闯进我的恐怖谷?难道你们不怕死?"

乐乐站了出来说:"黑脸叔叔,是我带着他们几个,来恐怖谷的。"

大蟒阴险地问:"原来是你这只小梅花鹿。你这个小男生,胆子好大啊,你难道不怕我黑脸吗?我可是翻脸无情的啊!"

能能在一旁说:"怕是怕,你是凶狠的黑脸,在咱森林王国里,谁不知道你,谁不怕你啊?!"

大蟒说:"我和小花鹿说话,你猴子少给我插嘴!再插嘴。我就吃了你!"说着,黑脸对能能龇了龇牙。大蟒黑脸的牙很长很尖很锋利,上面黏着血腥,有着一股恶臭味。大象壮壮离得近,不免捂了一下鼻子。

壮壮也上前讨好说:"黑脸叔叔,我是小象壮壮,我们是有事来求你的!"

黑脸问:"你们求我?你们为什么求我?我和你们井水不犯河水。你们在你们的森林乐园,我在我的恐怖谷,你们求我什么?"

乐乐说:"黑脸叔叔,是这样的,咱们边境的战士们患了一种瘟疫。要治这种瘟疫,需要你恐怖谷里的一样药材。"

没等乐乐说完,大蟒黑脸说:"你们是不是来打我谷里千年姜宝的主意?哼哼,我黑脸为什么留在恐怖谷?就是为了看护这株千年姜宝。我告诉你们,你们别做梦了,趁我现在还不饿,你们赶快滚!"

大象壮壮说:"黑脸叔叔,边境上的叔叔们都得病了,现在只有你这株千年姜宝能救他们。你就行行好吧!"

黑脸哈哈笑了:"我黑脸就是邪恶,我少作一回恶,少吃一个人就是做好事了,让我行好,亏你们想得出!"

能能问:"那你怎么样才肯把千年姜宝给我们呢?"

黑脸一口回绝:"给作们,你们趁早连想也不要想!"

乐乐知道不能再按着这话题说了,就转移一下话题:"黑脸叔叔,我们大老远来了,历尽了千辛万苦来到恐怖谷,我们想看一眼千年姜宝,然后就走,可以吗?!"

大蟒黑脸深思一会儿说:"看你这只小花鹿说的是真心话,我就带你们去看一下千年姜宝。但我跟你们说好了,你们看过千年姜宝,就得给我离开恐怖谷!不然,那些白骨就是你们的下场!"黑脸说着用尾巴指了指谷口处的白骨。

乐乐说:"你放心,我们看过就走!"

大蟒黑脸说:"那你们就跟我来吧。"说着,黑脸就扭着他水桶一样的腰,向谷底爬去。

十一

大家跟在黑脸身后,能能偷偷问乐乐:"难道,咱们看完千年姜宝就回去?我们这不是没有完成任务吗?"

乐乐悄悄地告诉他们:"我们现在是先靠近千年姜宝,到时候,我们见机行事。"

大象壮壮点点头:"乐乐的这步棋是对的,因为我们都不知千年姜宝是什么样,长在什么地方。我们先找到千年姜宝,然后再伺机而行。"

蚂蚁小小听了不住地点头。

前面到最谷底了。黑脸在一棵树前停下了。那是一株碗口大小的树。黑脸指着那株树对大家说:"这个就是千年姜宝!"

乐乐说:"黑脸叔叔,你别骗我们了,姜是什么?别以为我们没见过。那是植物,你这个是什么?这是棵树。"

黑脸急了说:"谁骗你们了?你们说的那个姜,那是你们做菜用的姜。那是蔬菜;我跟你说的这棵树,就是标准的千年姜宝。这棵千年姜宝是姜中之母。历经千年,它就长成了树。"

能能故意说:"你就是会编故事,我们都知道,我们做菜用的姜,吃的是它的块茎。你这个千年姜宝树,我们做药要用它的什么?难道是它的树干?

树枝？树叶？"

黑脸得意地说："你们不知道吧，我告诉你们：千年姜宝其实长在这棵树的树底。"

壮壮问："那它是不是像姜一样的块茎？"

黑脸摇了摇头："千年姜宝其实是一块像鹅蛋一样透明的宝珠。这个宝珠就是这棵姜树的果实。只有这个宝珠，才能治病！"

大家恍然大悟，终于明白了千年姜宝是什么了。大象趁黑脸不注意的时候偷偷给乐乐竖了下大拇指。能能也对乐乐点了点头。

这时，大家发现离千年姜宝树不远的地方有一个洞，洞像大象壮壮的腿一样粗，大象壮壮用腿点了一下洞，乐乐和能能都看到了。飞在他们头上的欢欢悄悄对乐乐说："这个洞就是黑脸的窝！"

大家要往千年姜宝的树前去，黑脸拦住了大家："你们想知道的，我都告诉了。你们可以回去了！"

就要离开千年姜宝了，大家有点恋恋不舍。这时，能能的脚踢着了一个盒子，是个扁形的方盒子，两端各有一个口。

看到能能脚踢了盒子，黑脸过来对能能龇了龇牙说："你个浑蛋，眼瞎了，你踢着我的迷宫了！"

"什么？这是什么？"

"这是迷宫。是我的迷宫！"

"迷宫？你还玩迷宫？"能能说，"你这么大了，还玩迷宫？"

黑脸长叹一声："我们蟒蛇部落最近要选举最聪明的蛇首领，我们蟒蛇老首领就给我们出了一道题。给我们每人这么一个迷宫，还有一团丝线。这道题其实很简单，就是谁能把丝线从一个口里穿进，从另一个口出穿出，谁下一步就是我们蟒蛇部落里最聪明的蟒蛇！"

乐乐说："黑脸叔叔，你这么聪明，你一定想出怎么把这个丝线穿出这个迷宫了？"

黑脸又叹了一声："唉，我这段时间就在这儿用丝线往迷宫里穿，一直没穿进去!"

能能说:"你这么聪明,难道穿不出来吗?"

黑脸摇了摇头。

蚂蚁小小看看丝线,又爬到迷宫口向里望了望,然后对黑脸说:"我们保证能给你把丝线从迷宫里穿过来。但我们有个条件!"

黑脸心里一喜,忙问:"什么条件?"

小小说:"你得把千年姜宝给我们!"

壮壮偷偷对蚂蚁小小说:"你别说得这么肯定,黑脸是蟒蛇家族最狡诈的,他都穿不过去,你能有办法?"

蚂蚁把胸脯一拍:"你放心。我一定把丝线穿出来。但一定要让黑脸答应,把千年姜宝给我们!"

黑脸在心里暗笑一下,几个小毛孩子,我倒要看看你们有多大的能耐,就假装答应:"好,你只要能给我把丝线穿出来。我就把千年姜宝送给你们!"

蚂蚁说:"你说话肯定不算数。来,咱拉个钩!"

黑脸说:"好,咱们拉钩!"说着就伸出手指头,和蚂蚁把钩拉了。

十二

看到蚂蚁小小胸有成竹的样子,乐乐和能能都为他捏着一把汗:小蚂蚁啊,黑脸据说是蟒蛇家族中最聪明的,他都穿不过去的线,你真的行吗?

小小看出大家对他的担忧,他对能能说:"小猴哥哥,我得需要你帮个忙,不然,我完不成这个任务。"

能能把胸脯一拍:"小小,你说需要我帮什么忙吧,只要我能帮上的,肝脑涂地,在所不辞!"

乐乐说:"小小,需要我们做什么,你尽管说,我们一定帮你!"

壮壮也说:"需要你大象哥哥的,你也尽管说!"

欢欢也过来了,说:"蚂蚁弟弟,你说需要我做什么,我们都会帮你!"

小小说:"我需要一点蜂蜜!"

"这个好说,我看看,哪儿有。"欢欢说着飞了起来,在头顶盘桓了一会儿,落在大象的背上,用手指了一下前方,说:"我看到了,在正前方 300 米的地方,有一个野蜂窝,里面有好多的蜂蜜!"

能能说:"好,看我的!"说着就向前方窜去。

不一会儿,能能手上拿着一块蜂巢跑了过来,后面跟着一群蜜蜂。蜜蜂边追边喊:"抓住这个偷蜜的贼!"

欢欢忙迎上去问领头的蜜蜂是怎么回事?

领头的是个兵锋,他用手一指能能说:"他是贼,他偷我们的蜜!"

壮壮上前告诉兵蜂:"我们想帮着黑脸把丝线从迷宫里穿过,蚂蚁需要用一点蜜,没想到,能能这样聪明的小猴竟然做了偷窃的事。"

兵蜂说:"我们蜜蜂从来是最爱帮助别人的了。我们酿的蜜都无偿地贡献给了人类,我们从没怨言。只要你需要,说出你的理由,我们蜜蜂会真心实意去帮助你的!"

小猴能能上前对兵蜂道歉:"对不起。我光想着时间紧迫了,没顾得上给你们解释,直接就掰你们的蜂巢,偷你们的蜜,我这样做,太对不起你们了!"

兵蜂说:"以后可不许这样了,在我们森林里,大家应该相互尊重相互帮助才是。"接着又问大象壮壮:"蜜够了吗?不够,你再去我们蜂巢里取就是。"

大家都说谢谢,说够了。

兵蜂说:"如果你们需要我们蜜蜂帮忙的话,尽管说!不然我们先回去了。"说完带着蜜蜂们回去了。

看着越去越远的蜜蜂,小猴能能对壮壮偷偷吐了一下舌头,扮了一个鬼脸。

十三

蚂蚁现在开始往迷宫里穿丝线了。他先让能能把蜂蜜在出口处抹了一滴。之后,把丝线系在自己的细腰上,从另一边的入口处爬进了迷宫。

迷宫里漆黑如墨。蚂蚁凭着自己灵敏的触觉,慢慢向前爬。丝线随着小小的爬动一点一点地穿入迷宫。

看到丝线进入迷宫,大家鼓起了掌!

小小越往里爬越黑,此时,他好像走进漆黑的夜里。好在出口处蜂蜜的芳香和甘甜在给他提示着出口处的位置,那就像是漆黑海面上的一座灯塔。

迷宫里面设计得真巧妙,曲曲折折来来回回,迂回环绕。蚂蚁小小感觉系在腰间的丝线越来越沉,越来越重。腰都几乎要勒断了,可小小没叫一声苦,只是默默地向前爬,累得气喘吁吁满头大汗。但他坚定着一个信念:出口就在前面不远的地方!

当小蚂蚁爬进迷宫里的时候,大家都把目光盯在这个正方体的迷宫盒子上。这是个扁盒子。大家都盯着丝线,看丝线一点一点地进入。

能能用手把丝线捋好,唯恐丝线给挽住了,刚开始,丝线进得很快,很顺畅,到了后来,丝线就走走停停,大伙的心就都提了起来,蟒蛇黑脸说:"我看,八成小蚂蚁在里面迷路了!"

乐乐问黑脸:"你这样说,是不是对你拉钩后悔了?"

黑脸把脖子一梗:"我黑脸说话算话,怎么会后悔?"

壮壮说:"你只要不后悔就好。"

黑脸说:"我看这会儿丝线都不往里面进了,八成小蚂蚁在里面迷路了吧?"

乐乐说:"蚂蚁小小是最聪明的,他才不会迷路呢!"

黑脸哈哈笑了,在黑脸正笑着的时候,丝线又开始往迷宫盒里进了。

乐乐说:"我说小蚂蚁是最聪明的吧。你看,小蚂蚁出来了!"

这时,大家看到小蚂蚁满头大汗地从出口晕晕沉沉地出来了。到了出口处,把蜂蜜美美地吃了一口。接着小蚂蚁解下系在腰间的丝线,能能接过,用力拉了一下,丝线已经完全从迷宫里出来了。

乐乐看到小蚂蚁,忙把他抱起来说:"小蚂蚁,谢谢你!"

小蚂蚁有些不好意思,说:"谢什么,这是我应该做的!"

乐乐拿起迷宫盒子对黑脸说:"我们已按你的要求把丝线给穿好了。你也该兑现你说的话了吧?"

黑脸此时卖起了呆,他把脸一黑,很无辜地说:"我说什么了?我什么也没说啊?!"

欢欢问:"你刚才说的话你忘了?"

黑脸说:"我刚才只有让你们走,什么也没说啊!"

乐乐说:"你这是在耍赖!"

黑脸一把从乐乐手里夺过迷宫盒,说:"你们快点滚!不然的话,我吃了你们!"说着向大家龇了龇那四颗尖尖的毒牙。

大家知道他们被黑脸耍了。怎么办?

大家把目光投向了乐乐。

十四

乐乐用目光制止住大家不要乱。他清楚,他们被老奸巨猾的黑脸给骗了。既然他不仁,那也就不能怪我们不讲信用。怎么办,看着得意忘形的蟒蛇黑脸,乐乐知道,他们不能斗狠,只能斗智。

用什么办法战胜黑脸呢?乐乐的脑子在高速运转着,四下看看,他看到不远处蟒蛇的家,也就是那个有着象腿一般粗的洞。乐乐心里一动:好,办法有了!

乐乐对壮壮和能能使了一个眼色,暗示大家一切听他的,别有过激的动作。于是便对黑脸说:"你既然这么不讲信用,不给我们千年姜宝,那我们也没有办法,谁让我们打不过你呢!你让我们走,我们只好走。在走之前,我们想问你一个问题,希望您能回答我们。"

黑脸说:"什么问题?要是简单的,我会回答你们的。"

乐乐指着那个洞问:"这个是你的家吗?"

黑脸不知乐乐葫芦里卖的是什么药,一脸茫然地说:"是啊。这儿就是我的家。怎么了?"

乐乐说:"你骗人,这么细的洞,你这么粗的身子,怎么能钻进去?这不是你的家!"

壮壮明白乐乐为什么这么问,也在一边说:"肯定不是你的家。你又骗人了!"

黑脸一脸无辜:"这个就是我的家!我在这儿住了好多年,怎么不是我的家?"

能能也说:"肯定不是你的家,你这么粗的身子,怎么能进得了这个家门?"

黑脸急了:"这就是我的家,怎么会不是我的家呢?"

乐乐说:"你要叫我们相信,那你进你家一次,你要能进去,我们就信了。"

黑脸狡诈一笑:"你们这几个没见过世面的家伙,我要让你们相信这是我的家,但你们得应我一件事。"

大家问:"什么事?"

黑脸说:"你们都得给我滚!"

乐乐看了大家一眼说:"好,我答应你!你只要给我们证明了,我们几个立马就走!"

"你们都看好了,我开始进家了。"黑脸说着,把头钻进了蛇洞,等到黑脸全身都进洞之后,乐乐对壮壮说:"你快拔棵树,把这个蛇洞给堵上!"

壮壮会意地点点头,他一脚踩住蛇洞,用鼻子一卷就把身旁的一棵大树拔起来,把树头插进洞里。为怕黑脸把树顶出来,又用鼻子狠狠地把树往下

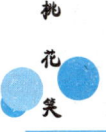

插,一直插到树根。他又站到树根上踩了几踩,确信很牢靠了,才下来。

黑脸知道受骗了,在家里暴跳如雷。此时,乐乐让壮壮快点行动。壮壮伸出鼻子卷起千年姜宝树,一用劲,树被拔出,树根处,真如黑脸所说,结着一个鹅蛋一样大小透明的宝珠。乐乐上前把宝珠摘下来放到身上。然后看了看剧烈震动的地面,对伙伴们说:"黑脸在发疯,反正姜宝我们已经找到了,这儿不能久待,我们快走!"

大家说好!

伙伴们就顺着来路,往回走。

十五

大象壮壮像来时一样,让大家都上了他的背,小花鹿乐乐、小猴能能,还有蚂蚁小小都紧紧地趴在他背上,喜鹊欢欢站在壮壮的头上,帮壮壮看前面的路。

这时太阳已像个熟透的香瓜,黄黄地挂在西边不远的地方。正在一点一点准备往山后的地方落。壮壮迈开他的大腿,啪啪地跑起来。壮壮的脚步沉,每跑一步,地就要震动一下,趴在背上的小伙伴们就好像坐船一样,过瘾极了。

前面不远就是鹰嘴。壮壮隐约听到了后面传来黑脸的喊叫声。欢欢有点惊慌失措,忙飞起来向后看,只见后面尘土飞扬,蟒蛇黑脸正飞速追来。

欢欢说:"不好,黑脸在后面追上来了!"

小蚂蚁说:"那,那我们怎么办?"

能能也说:"我们怎么办?"

乐乐说:"大家不要慌,冷静一下,我们想想有什么办法。"

壮壮知道后面黑脸追上来了,跑得更快了。

前面已到鹰嘴。狮麒麟站在路中间看着奔跑的壮壮。乐乐看到狮麒麟,说:"有了！我们让狮麒麟来治住黑脸！"

欢欢问:"怎么跟狮麒麟说？狮麒麟不会听我们的！"

能能说:"乐乐,我明白你的意思了。对,咱们就这么做,使用反间计！"

乐乐说:"对。就让这两个坏家伙狗咬狗吧！"

能能点了点头。

这时壮壮已来到狮麒麟跟前,狮麒麟拦住壮壮,问:"什么事,你跑得这么急慌？"

壮壮气喘吁吁,说不上话来,乐乐从壮壮身上下来说:"狮麒麟大哥,我们去恐怖谷,见到了黑脸叔叔,我们给他说起你,我们说你是咱们森林最勇猛最智慧的,在咱们森林里,你是最威猛的武士,只有你才能镇守住鹰嘴。黑脸却对你不屑一顾,说你是咱森林里最没人味、最凶残、最怕死的懦夫。说你只徒有虚名,根本不配在这儿镇守鹰嘴！并对我们说:像你这样的,根本不是他的对手。他打你这样的,闭着眼也能把你打趴下！"

狮麒麟一听气得暴跳如雷,他问壮壮:"黑脸真是这么说的？"

壮壮点点头。

小猴能能说:"这还有假,我们大家都听到了。为了让我们看他怎么打你,这不,黑脸追过来要我们看着他怎么和你打！"

这时黑脸的声音从后面飘过来:"你们不要走,你们都给我停下！……"

能能说:"你看,黑脸让我们停下看他怎么收拾你！"

狮麒麟气得哇哇怪叫,他朝着黑脸就迎上去。

能能对壮壮说:"我们快走。"

壮壮用鼻子卷起乐乐,快步穿过鹰嘴……

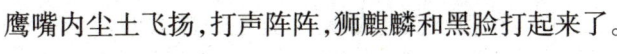

鹰嘴内尘土飞扬,打声阵阵,狮麒麟和黑脸打起来了。

欢欢高兴地说:"乐乐,你这一招激将法真管用!"

壮壮也对乐乐竖起大拇指说:"乐乐,这一招太高了!"

乐乐说:"关键是你们配合得好,如果你们配合不好,狮麒麟他是不会相信的!"

能能说:"现在还不是咱们高兴的时候,咱们得快走,不然等到狮麒麟和黑脸都醒悟过来,我们就走不脱了!"

蚂蚁说:"是啊,我们只有过了那条黑水河,才是安全的!"

大家都点点头。壮壮也就加快脚步,跑起来。

不远处就是黑水河,欢欢高兴地对大家说:"马上到黑水河了,咱们马上就安全了!"

欢欢的声音刚落,后面就传来狮麒麟和黑脸的叫喊声:"你们几个浑蛋,你们不要走!我要吃了你们!"

黑脸也在后面喊:"你们几个浑蛋,快把姜宝放下,不然我吃了你们!"

欢欢飞起向后一看说:"不好,他们两个追上来了!"

乐乐和能能说:"壮壮,快跑!"

壮壮说:"我已经跑得够快的了!我可从没有跑得这么快啊!"

能能说:"前边就是黑水河了,只要我们上了木筏,他俩就奈何不了我们了!我们也就不用怕他们了!"

狮麒麟和黑脸跑得更快。飞在空中的喜鹊欢欢一边飞着一边对壮壮提示着狮麒麟他们的距离:"还有三百米……还有二百五十米……还有二百米……"

当喜鹊说还有一百米的时候,大象壮壮已来到木筏旁,此时的小猴能能早就跳下飞快地解开拴在岸边树枝上的缆绳。

狮麒麟和黑脸离他们只有五十米的距离了,大象壮壮用鼻子把木筏一推,自己前腿一跃,跨上了木筏;小猴能能一个跳跃上了木筏。当木筏刚离岸,狮麒麟和黑脸已来到岸边,他们想伸出手去抓木筏,就只差一米……

乐乐、能能、壮壮、小小和欢欢头上都流出黄豆一样大的汗珠……他们不由得说了一声:"好险啊!……"

站在岸边的狮麒麟和黑脸,看着越来越远的木筏,两人懊恼万分,不免相互指责,说着说着,又打起来……

已经到了对岸的乐乐、能能、壮壮等小伙伴们,当他们向对岸望去的时候,对岸黑茫茫的,已经看不见什么了。只听到对岸传来惊天动地的厮打声……

十七

乐乐看了看天,已经是晚上了。他猛然想起今天早上妈妈交代他的事——那就是给外婆送红萝卜。因为找千年姜宝,他没能及时地给外婆送去。再说现在天已经黑了,千年姜宝还没有用快递给边境的黄牛伯伯的儿子黄威武寄走,边境的战士在等着这个药材来战胜瘟疫呢!

乐乐就给大家商量:"我们来到森林王国,大家都安全了。现在,咱们得分开办事,不然,事情办不完!"

壮壮和能能点点头说:"有什么事,你说就是!"

乐乐说好,然后对欢欢说:"还得麻烦你,去我家一趟,告诉我妈妈,我今天没去外婆家,咱们在一起寻找千年姜宝呢,现在去邮局寄快递,让妈妈不要担心!"

欢欢说:"好,我马上!"说着张开翅膀,飞走了。

能能问:"那,那你今天不去外婆家送红萝卜了?"

乐乐说:"即使去,也要把千年姜宝快递走了之后,我再去黄牛伯伯家拎我的红萝卜篮子。"

壮壮说:"到时候,我陪你去!"

乐乐说:"那时候,天会很晚的!"

壮壮说:"有月亮照着,有星星亮着,我最喜欢在这样的夜晚走路了!很

美，很诗意！"

能能和乐乐都笑了："好，等咱们去前边的邮局把这个千年姜宝快递了，立马就去外婆家！"

前边不远处，就是一家森林王国邮递局。

乐乐、能能、壮壮还有已在大象耳朵里睡着的小小，他们捧着千年姜宝，走进了这所邮递局……

桃 花 艳

这是三月,一个天地都是花灿灿的,香腥腥的。一切都是新的,暖的,嫩的,不经碰的。这是一个需要小心的季节。

诗人闵卿看着满眼的缤纷,心里却说不出的别扭。不是因为这桃花开得不艳,桃花的美桃花的红闵卿写过好多首诗赞颂了。他写过《桃花灿烂》《胜利的桃花》等一些散赋和诗文,为此他的很多文友都把他称为"桃花诗人"。

春天是闵卿最喜欢的季节。用闵卿的话说,因这季节,有桃花在盛开。桃花的盛开,那是一种生命的啼血,是呐喊,是倾诉,是新生,还是缠绵。当然,闵卿对桃花的灿烂有着很多种的诠释和理解。他的理解都和常人不同,好多人都说他中了桃花的魔,桃花的咒。

我就是中了桃花的魔。闵卿常说,如果有来世,我愿托生成一朵桃花,就这样,鲜艳地开。

可如今,看着这遍野的桃花,闵卿眼里没有激动,只有失望和叹息。一枝桃花仿佛知道了他的心事,就故意把花伸到了他的眼前,那花开得正盛,像正午的阳光,激昂、热烈、投入、奔放。要是在以前,闵卿早就开始抒情了,可今天,他只是叹了一口气,用手轻轻拿开那枝桃花,深深地叹了一口气:唉!

之后,闵卿就抬着步子,向山腰的静心寺走去。

悟了大师正在山门口看花。今天,来这儿看桃花的人很多。俏男俊女,

行走在桃花丛里,像朵朵游动的云。大师左手立胸,右手掐着念珠。看到闵卿到了,诵了一句:阿弥陀佛。

闵卿也忙双手合十,说:大师,又来打搅了。

悟了大师说:你的季节来了,怎么,脸上何时起了阴霾?

闵卿说:这也正是我来找你的原因。

悟了大师诵了句:阿弥陀佛。

闵卿说:大师,我就是不懂,我对很多人那么好,只要我能帮的人,我都尽力去帮他们,可以说,为了我的这些文友和朋友,我是尽我最大的力量帮他们,我对他们无所图。但我想不通的是,他们为什么在一些场合要对我进行攻击和诽谤呢!

悟了大师问:是吗?

闵卿说:咋不是呢! 他们说我这,说我那,当然,我承认自己有缺点。人无完人,金无足赤。说我的缺点,我领了,可他们,把我的优点也说成了缺点,你说,这不是胡说吗?

悟了大师听了,双手合十,念了一句:阿弥陀佛。

闵卿说:大师,你也知道,现在在我们善州地区,我的诗作是翘楚,一有什么事,吴知县都是要我参加的,并且,在咱鲁南地,我的诗作也可以说是出类拔萃的。

悟了大师说:你的诗作我看了,的确是好。别说在鲁南了,就是在整个鲁地,写得比你有才情、有韵致和意境的,也是不多啊! 特别你的桃花诗,那真是太有味道了。

闵卿听大师这么说,心里一阵激动,说:多谢大师对我的赞赏。你说,他们咋这样呢? 其中,攻击我的有很多是我以前指导出来的诗人。说到这儿,闵卿长叹了一声说,我真的想不通!

悟了大师就笑了。悟了大师看了看闵卿的脸问:你是怎么来的?

闵卿指了指不远处拴在一棵枯树上的正在低头找嫩草吃的枣红马说:我是骑它来的。

悟了大师点了点头:好。然后仰起脸说:都说吹面不寒杨柳风。来,咱们感觉一下,好不好。

闵卿说好。

悟了大师就一边走着一边问闵卿最近都在写什么诗作,还有,最近学堂里的学子们怎么样了,闵卿都一一回答。走了一段路,悟了猛然问:你感觉这个杨柳风怎么样?

闵卿就抬头说,仔细地感觉了一会儿说:很好啊,就像是一团面粉扑打在脸上,很舒服,很美。

悟了大师点了点头说:嗯,你说得太对了,我也是这种感觉。不然,诗人们咋说是吹面不寒杨柳风呢!来,咱们跑几步,来感觉跑着这风是什么感觉。说着悟了大师就率先小跑起来。

闵卿也跟着跑了。悟了大师把脸仰着,说:来,感觉一下风。闵卿也就像大师一样,把脸仰着,感觉风。

一跑动,风就明显的急了,扑在脸上就有了些力道,有些丝丝地凉。就有了些寒。虽然风里有着桃花的香,桃花的鲜,桃花的暖,可跑起来,还是能感觉到刚刚走开的那冬的气息,那种寒,还在很近的地方,一跑,就能追上了。

两人跑到拴马的枯树前停下了,悟了大师问:风还绵吗?

闵卿摇了摇头说:有些凉。

悟了大师点了点头,说:这样,你再骑马跑一下,感受一下这个杨柳风!

闵卿说:我来时你又不是没看到,我的脸让风吹得,像霜打的紫茄子一样。

悟了大师说:那风怎么样?

闵卿说:还怎么样,那风就像刀子。你没看,我这一会儿才暖过身子来呢!

悟了大师听了噢了一声,然后念了一声阿弥陀佛。

闵卿好像感觉到了什么,问:大师,你让我感觉风,是否想告诉我什么?

悟了大师点了点头说:你好聪明。假如把你的走、跑和骑马比喻成你在诗文上的成就的三个不同阶段。如果把风比作红尘中人们对你的反应,你

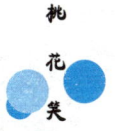

是不是能从中悟出点什么?

闵卿说:我愚钝,请大师明示!

悟了大师说:活着的每个人都是苦虫,大家都活得很苦很累,大家都想过得好一点。名与利是他们过好日子的捷径。所以好多人就对名利抓住不放。当大家都盯着一个目标的时候,你们要是和他们一样走着的时候,感受到的阻力就像咱们步行时所遇到的风一样,很细微;可你一旦比他们走得快了,就像你奔跑时一样,你比一些人优秀了,那样,你的阻力就会增大了,吹在你脸上的风就要猛一些,你的脸上就会遭遇到寒意;如果你要是比一群人优秀了,那你所遇到的阻力就像你骑马所感受的风儿一样,吹到脸上的就是刀子一样的寒风了。这个时候,你想到的人是你的阻力,你想不到的人也是你的阻力,他们都是你的寒风啊!

闵卿说:谢大师指点。我明白了!

悟了大师说:不要怨他们,他们和你一样,也是凡人,也想成功,也想过好日子。比如说,有十个人,大家都很饿,就只有一个馒头,馒头就在前面不远的地方。大家都在往馒头那儿奔,可你跑得快,你把馒头拿到手了,那些没有拿到馒头的人,那些跑得慢饿着肚子的人,难道他们心里不怨恨你吗?

闵卿点了点头说:你说的有道理。

悟了大师说:你应该原谅他们。

闵卿说:是吗?!我要原谅他们?

你如果能原谅他们,悟了大师手指了一下开得正热烈的桃花说:你就会像这绚烂的桃花,开出自己的鲜艳,并能在一个属于自己的季节,结出充满汁水的蜜桃。不然,大师就指了指落在地上的谎花说:你就如这些花一样,开的时候是很鲜艳,可开后就败了,就什么也不是了。

闵卿看着那落在地上的谎花,他知道,那是一些不能结果子的花。有的地方叫公花,他们这儿叫谎花。闵卿看着这些谎花,心里一动,他感觉,大师的一些话已经让他的心门开了一条缝。

悟了大师看了一眼闵卿,心里就明了了。他清楚,闵卿的心门已经开启了,就像那树上的花蕾,已开始吐苞了。他明白,这个时候,要想让闵卿心中的桃花开得灿烂和绚丽,还需要再度一下。

这时,一个老农牵着一头牛从他们身边走过。那是一头黄腱子牛。牛可巧走到闵卿跟前,拉了一坨屎。闵卿忙用衣袖掩住鼻子,连说晦气。

悟了看了看闵卿,又看了看那坨正散发着干草热气的牛粪,这时,大师被牛粪旁的一棵花开得正艳的小桃树吸引住了。那株桃树只开着几朵花,但开得很努力,也很用心。悟了大师对着那株桃花念了句:阿弥陀佛。

有风吹了过来,把牛粪的味道送过来,闵卿齉了齉鼻子。悟了大师看了,灵机一动说:如果在你前行的路上,有这么一树桃花还有这么一坨牛粪,你应该怎么面对?

闵卿说:这个好说,踏着牛粪走过去的,绝对不是聪明人。一般人都会躲着牛粪走。

悟了大师说:对,好鞋不踏臭屎。这是一般人的走法。假如是你呢?

闵卿说:我会到桃花跟前,深吸一口桃花的香气,然后再从牛粪旁走过。

悟了大师说:嗯,这是聪明的做法。可还有一种更智慧的面对,你知是怎么面对吗?

闵卿皱起眉头想了想,抬头看了看悟了大师。他看大师在含着笑看他。就又想了想,还是没有想出比他刚才说的更智慧的面对,就对大师摇了摇头。

悟了大师念了句阿弥陀佛。之后,他从腰间取出一把佛铲,来到那株小桃树下,挖了一个坑。然后,悟了大师走到那坨牛粪旁,用佛铲把它铲起,放到了他挖的坑里。之后又用佛铲埋上了。

闵卿说:大师,我懂了。我懂了!

大师说:牛粪存在有它的道理。你不要气,更不要恼,气和恼那都是自己折磨自己的事。人啊,其实活着就要学会化解。把牛粪埋到土里做肥料,谁都会的。可很多人因为牛粪的臭,就怨恨,一怨恨,就想不起来怎么做了。

闵卿说:大师,你说得对。

悟了大师说:可佛知道。因为佛心里没有怨恨。

闵卿听了点了点头说:大师,我明白了!

悟了大师说:你想要不做谎花,就要记住:要善于把对自己不利的"牛粪"化解成使自己花朵鲜艳的养料。你只要这么做了,你这株桃树的花就会开得艳,到盛夏,你就会结出汁水丰盈的蜜桃!

闵卿说我知道了,接着对着大师双手合十,念了句:阿弥陀佛。

悟了大师却转过脸去,对着满山遍野正绯红着鲜艳的桃花,深深地念了句:阿弥陀佛!

活 镖

一柄剑在前方如血的残阳里绽着寒光。

迎风招展的威远镖局的"金镖旗"颤了一下。江湖上人称"玉衣金扇"的黄龙风黄总镖头把手一挥,镖队停下了。

黄龙风下马上前双手抱拳道:在下威远镖局的黄龙风,向兄台讨个方便,请兄台留下名号,镖清了一定登门叩谢!

那柄在路中闪着寒光的剑是握在一皂衣人手中的。皂衣人背对黄龙风说:黄镖头,我只想问一下,你所押的囚车可否就是你的镖?

黄龙风说:正是!

皂衣人说:囚车里押着的可否就是天下第一恶人笑透天?

黄龙风说:正是!

皂衣人说:黄镖头,你不该走这趟镖!

黄龙风说:是!

皂衣人说:可你又必须走这趟镖。因为你是威远镖局的黄龙风!

黄龙风说:是!

皂衣人说:官府不敢押解的要犯,官府就在善州摆设擂台,谁赢了谁就获得金镖旗,谁就负责把罪犯押解进京。

黄龙风说:是!

皂衣人说:可笑透天是在二十八年前杀你一家三十八人,与你有着不共

戴天的仇人。

　　黄龙风又好像回到二十八年前那个血雨腥风的日子。当时他和义弟公车及哥哥等人在一起捉迷藏,他和义弟刚藏好,笑透天就进家了。笑透天进家后见人杀人见物杀物,不留一个活口。哥哥姐姐等人都被杀死了。他和义弟为此躲过此劫。但笑透天那狂桀的笑声他一辈子也忘不了。

　　皂衣人说:黄镖头,你为什么不报仇?

　　黄龙风叹了一口气,望了一眼金镖旗说:现在还不是时候。

　　皂衣人说:过了这野狼坡,前方就是京城了。不然你就没有机会了。

　　黄龙风说:那是我的事!

　　皂衣人说:我现在就要手刃此贼!

　　黄龙风说:从善州至此,你知道我一路杀了多少劫镖的吗?

　　皂衣人说:我知道,你一共杀了九十九个。

　　黄龙风说:你在跟踪我?

　　皂衣人说:从你出善州的那天,我就跟着你了。我知道这一路上定有人能手刃此贼,可我没想到,没人能躲开你的"临渊三扇"。我太小看你了!

　　黄龙风说:我只希望在镖车平安地交给刑部寻超寻大人之前,你不要做第一百个!

　　皂衣人说:你难道不知道,笑透天只要进了刑部,你就没有机会了吗?

　　黄龙风说:我知道。但这是我的事!

　　皂衣人看了看剑,然后把剑缓缓举起说:看来,只有用我的剑来了断了。

　　黄龙风说:我答应你,我一定手刃此贼!

　　皂衣人说:我现在就要此贼死在我的剑下!

　　黄龙风说:他是我的镖。如果你要杀他,那你除非从我身上踏过去!

　　皂衣人说:好。你出招吧!

　　黄龙风说:别逼我动手!

　　皂衣人横剑当胸说:你出招吧!

　　黄龙风从背后抽出夺命金扇。皂衣人先发制人,寒剑挽了个剑花直奔黄龙风的咽喉。黄龙风举扇叩开,金扇游刃而上,直击对方双目。寒剑左右开弓敲开金扇,皂衣人身随剑走,剑利影疾,枯藤盘枝一样围住黄龙风。两人斗了一百个回合后,皂衣人越战越勇,且招招毒辣。黄龙风明白,要想速战速决,看来只有用他的"临渊三扇"了。想到这儿他纵身一跃,抖开了金扇。江湖上谁人不晓,金扇一开,鬼泣神哭。只见黄龙风一摆身形,身似蛟龙,"玉树临风""玉树琼枝""玉人归来"三招滚滚而来。招招都暗藏玄机。皂衣人躲过前两招,想躲第三招时,没有躲开,被黄龙风一扇击中丹田。就见皂衣人如一只断线的风筝飞出三丈开外。黄龙风忙飞身上去,从怀里掏出一红色药丸塞入皂衣人口中。

皂衣人眼里流出了泪。黄龙风的泪稠稠地流了下来。黄龙风抱起皂衣人说:义弟,你为何苦苦逼我呢?

皂衣人拉下了面纱。皂衣人说:义兄,你一定要报仇啊!

黄龙风说:我答应你。

皂衣人闭上了双目。

黄龙风埋葬了义弟。黄龙风来到笑透天的身旁说:我一定让你死在我的扇下。

笑透天哈哈大笑。他说:你杀不了我的。你永远也杀不了我的!

镖队来到京城刑部已是第二天的下午。黄龙风先给刑部尚书寻超寻大人交了镖,接着又来到关押笑透天的牢房。看到黄龙风,笑透天哈哈大笑。

黄龙风说:你听着,在你行刑的那天,我一定让你死在我的扇下!

笑透天眼里满是不屑。他说:你杀不了我的。你永远也杀不了我的!

黄龙风说:我一定让你死在我的扇下!

笑透天笑得更狂了,笑得牢房的房顶簌簌落尘!

笑透天罪行滔天。刑部寻超寻大人接手后审理得异常快捷。笑透天自出道以来,杀人无数,朝廷大臣就占近百个。二品以上的就有十来个。这其中包括黄龙风的父亲吏部尚书黄大人。另有江湖上八大家十大门派的五百余人。正可谓杀人如麻罄竹难书。不杀不足以平民愤,不杀不足以慰天地!

开刀问斩笑透天是在七日之后的午门外。这天京城万人空巷。监斩笑透天的是刑部尚书寻超寻大人。

午时三刻,催魂炮响了一声,黄龙风踏着人头跃上了法场。法场上一阵骚动。黄龙风一袭白衣,飘在了寻超大人的面前。寻大人双目凝视着黄龙风问:黄镖头,你想劫法场吗?

黄龙风双手抱拳道,寻大人,小人有一个不情之请,就是让我来手刃此贼,以慰天下惨死于此贼剑下的英灵!

寻大人沉思片响说:好吧,那就由你来行刑吧!

黄龙风来到笑透天的跟前。笑透天看着黄龙风哈哈大笑。笑透天说:二十年后,老子又是一条好汉!说这句话的时候,黄龙风闻到了一股尿骚味。一条小溪正从笑透天的脚下流出。笑透天虽然在笑,但他的眼神很慌很怕。那眼光很散很颤。

黄龙风看看此贼,又看看寻大人,他明白,他只有这样做了。他大喝一声,恶贼,拿命来! 只见金扇一闪,一腔红血喷洒而出,笑透天的人头滚落于地。

当天下午,天衣无缝颤九北的门前来了一个人。躺在床上的颤九北说:来了就请进吧。你要是再不来,我可没耐心等了。

黄龙风忙到了颤九北床前。颤九北的全身经脉寸段,只有胸口还在跳动。

黄龙风问:谁向你施的毒手?

颤九北笑了一声说:你是不是想问今天死在你扇下的人是不是笑透天?

黄龙风说:是。

颤九北问:你为何想起了我?

黄龙风说:谁不知你是天下第一易容高手,能在七日之内给人易容且刀口完好如初的普天下只有你天衣无缝颤九北了。

颤九北问:你是从什么地方发现的破绽?

黄龙风说:从他的眼神上。

颤九北说:我现在的时间已不多了,你快点去刑部尚书寻超寻大人的府上,那儿有你要找的人。

黄龙风说:老前辈,你哪?

颤九北说:他们想杀人灭口。多亏了我的"闭脉大法",使他们认为我已死去。我才得以逃了出来。我知道你一定会来找我的。所以就在此久等。我已中了"丹青掌",还喝了他们的"夺魂劫魄液"。你快点去吧!颤九北一口气说完,便泻了真气。就听身上各个经脉乒乒爆响。黄龙风忙提气运功。颤九北睁开了双眼摇了摇头说:不要再浪费时间了,你快点去吧!说完颤九北自断经脉。黄龙风再拭鼻息,方知,颤九北已魂归佳城。黄龙风双膝跪地,重重地磕了一个头。

寻超寻大人的府邸黄龙风小时候来过,当时随父亲来的,所以对黄龙风来说不陌生。黄龙风一身皂衣打扮,登脊穿壁,不一会儿就找到了寻超的书房。寻超正和一红衣人在对饮。

红衣人问:今日法场之上,黄龙风可否发现破绽?

寻超说:没有。如果黄龙风发现了破绽,他的那一扇就不会下得那么狠!

红衣人问:给我易容的颤九北可否处理干净了?

寻超说:这个你放心,他喝了老夫的"夺魂劫魄液",又中了老夫的"丹青掌",他即使有三条命,我想也活不成了!

红衣人大笑一声,寻大人真是滴水不漏。这次可多谢了寻大人!

寻超说:咱们还说什么外话?这一次可是委屈你了。不然,咱也不会借黄龙风的手除去那么多武林中人,给万岁铲去那么多的后顾之忧。

红衣人说:这多亏了寻大人的妙计啊!

寻超说:当朝那么多万岁的眼中钉都让你给除掉了,你才是万岁的大功臣哪!

红衣人说:这也多亏大人你呀!

寻超说:笑大人到了万岁跟前,可要多为我美言啊!

笑大人说:那是那是。来,咱们先喝个庆功酒!说完,笑大人举杯而尽。寻超也举杯而尽。

接着就见寻超寻大人脸色大变,手捂胸口说了声:你、你、你在我酒里下

了毒?

笑大人说:寻大人,你知道的太多了!

寻大人问:你为什么这样做?

笑大人说:寻大人,我让你死个明白。这是万岁的旨意!

寻超不相信,他指着红衣人说:笑透天,你这是在杀人灭口!

笑透天一掌击在寻超的后心,就见寻超口中喷出一泉黑血,倒地而亡。

笑透天哈哈大笑。那笑声是那么熟悉,那么刺耳。黄龙风知道自己该现身了,便一跃跃到了笑透天的对面。

笑透天看到黄龙风,哈哈笑了两声,说:黄镖头,你可什么都看到了?

黄龙风说:是。

笑透天说:你可什么都知道了?

黄龙风说:是。

笑透天说:那你今天就别想活着离开这儿。

黄龙风说:笑透天,你充当朝廷的鹰犬,恶贯满盈,我说过,我要你死在我的扇下。

笑透天哈哈大笑说:你的武功只及我的八成,你如若和你义弟公车联手方可和我战个平手,可你义弟在野狼坡被你杀死了,你凭什么赢我?

黄龙风说:我凭的是正义。我凭的是天理!

笑透天说:这个世界根本没什么正义和天理。正义和天理只不过是皇上统治你们的手段。你要是相信这世上有正意和天理,那太阳会从西边出来!

黄龙风说:看来,血债只有血来偿了!说完黄龙风便抖扇而上,笑透天挥剑相迎。两人打了个天昏地暗。五十招过后,黄龙风明显的处于下风,他知道该使自己的绝招了,便跃身而起,"临渊三扇"凌厉使出。没想到都被笑透天一一破解。笑透天说:在你押解的路上,我都把你的扇法进行了研究,特别是"临渊三扇",我专门研究了破解之法。黄龙风,你还有什么绝招尽快使出,不然,你是死定了!

黄龙风大吃一惊,脸上现出了惊恐的神色。

笑透天说：我说过的，你杀不了我的。你永远也杀不了我的！说完笑透天举起剑就向黄龙风刺去。

就听哎呀一声，笑透天手中的剑掉在了地上。他转过了脸，吃惊地说：怎么是你？

背后一扇刺入笑透天肋下的不是别人。正是黄龙风在野狼坡亲手杀死的义弟公车。

黄龙风望着在地上呻吟的笑透天说：笑透天，我让你死个明白。自从我接镖的那天起，我就知道这里面有着一个阴谋。所以，在护送镖车的一路上，我当着你的面杀了那么多的武林同道，实际上我只是闭了他们的阳穴，目的是演戏给你看。我很明白自己，以我的功力，只及你的八成，我和义弟联手，也只能和你战个平手。要想战胜你，除非出其不意。所以我和义弟就在野狼坡给你演了一出双簧戏。目的是让你对我放松戒心，对我轻敌。实际上我最厉害的一招就是我义弟。黄龙风话音刚落，就见公车飞身升起，接过黄龙风抛在空中的金扇，"玉树临风""玉树琼枝""玉人归来"铺天盖地，直入笑透天的周身大穴。笑透天连连中招，一口浓血喷口而出，不一会儿就绝命而亡。

公车一挥金扇，笑透天的人头便滚落于地。黄龙风接过义弟递过来的金扇。公车提起笑透天的人头，两人看了一眼紫禁城的方向说：走吧。

两人便消失于茫茫的夜色之中。

死 招

进 寺

这是夏天的事。

杀手如蚁进入善州的那天,天正下着雨。如蚁光着头走在雨里,雨把如蚁浑身淋得精湿。望着笼在雨中的悬心山,如蚁拧着双眉,手抚着腰间的寒冰剑。

如蚁踏上了悬心山。如蚁觉得这段路很漫长。来到了静心寺的门口,门大敞着,里面很空旷。如蚁心里一激灵。静心寺里原有近千僧众,如今却了无人迹。

这时静心寺里传来悠悠的筝声,和着淅淅沥沥的雨声,显得很清苦,很凄凉。

弹的是《高山流水》,筝声弹得很老到,很有韵致,但筝声很苦,是那种寻不到知己无奈的苦。

如蚁循着筝声,来到了一处草庵。庵建造得很简朴,只是用树木和柴草搭成的一个很简陋的住所,上书"去心庵",与静心寺的雄伟壮观形成了一个极大的反差。庵门虚掩着。用树条编扎的扉门却大开着。扉门虽开着,但如蚁却感觉一种紧张,那仿佛是诸葛亮所唱的《空城计》的城门。到了门口,如蚁停下脚步,仔细地听。此时曲儿换的是《禅寺钟声》。

筝声很悠长很久远,又是那样的和平和安宁。如蚁感到了一种静。渐渐,如蚁感到了一种超脱。如蚁就感觉一种东西在心中发芽,那时,他觉着心中的杀气正在悄悄消失。

杀气是一个杀手的霸气,杀气是一个杀手的命。如蚁非常明白,一个杀手如若失去杀气,那意味着什么。如蚁暗叫不好,一按剑簧,寒冰剑从剑鞘中蹿出,但剑锋的青光只一闪,就被雨打湿了。剑便流下了泪。如蚁一惊,他发觉,他的剑不那么霸气了……

棋　　语

如蚁知道自己之所以是老魔手下的一名出类拔萃的杀手,是老魔的王牌杀手,关键是他的剑霸气无比。他的剑还阴冷,即使是滚烫的血喷上,也瞬间化成冰片,凝在剑上。

筝声波澜不惊地止了。余声渺渺袅袅地飘,最后虚成了一片空白,在他脑海里盘绕。如蚁抬头望着庵门,又看了看他的剑,他的泪水在不知不觉中流了出来。他觉得这样不好,就狠狠地咬紧了牙关,好在雨儿在落,即使有泪,也令人分辨不出。

庵内飘出一句话:"来了,就进吧!我等你好久了。"

如蚁把剑还入鞘中。剑龙吟一声,很是凄冷。如蚁一步一步踏上了台阶。每步都走得很慢,很沉,很有根基。如蚁推开庵门,一老僧背对着他。

老僧说:"我知道你早该来的,没想到你来了那么久。"

如蚁没有回答,只是站着,如一尊雕。

老僧转过身来,如蚁看清了,老僧慈眉善目,脸上都是笑,佛一样。如蚁不由得按了按寒冰剑。

如蚁知道应该把自己的身份告诉老僧,就说:"我是杀手。"

老僧听后双手合十,诵了声:"阿弥陀佛。"

如蚁说:"你是我最后的一个。"

老僧又唤了句:"阿弥陀佛。"

老僧长叹一声笑着说:"没想到,我是你最后一个,是一个杀手的封刀之人。这是我的福了。"

如蚁说:"我有一条规矩:就是替我剑下的人做一件事。你还有什么没了的心愿,说吧!"

老僧说:"天色尚早,现在还不是上路的时候,陪老衲走一盘,如何?"

如蚁应声道:"好!"

老僧转身拿过一盘棋。棋是象棋,摆在桌上。

老僧柔声问:"施主,执红还是执白?"

如蚁冷冷地说:"红或白对我无所谓,我是杀手。"

老僧笑着劝道:"杀手最好个个见红。我想,施主还是执红的好。"

如蚁没有吱声。只是拿过了红子摆好。

老僧说:"那你就先出子吧!"

如蚁炮拉当门,说:"那我就得罪了。"

老僧看如蚁走的是急胜棋,就摇摇头苦笑说:"施主,你躁心太盛,容易输的。"

如蚁说:"我是杀手,我无所谓输赢!"

老僧并不跳马,而是先上象。如蚁炮打了当门卒,然后又出动了车。并把一炮沉入老僧的将底。待机而轰。老僧用的是守势,双车双马都围在将前,只有炮来来回回地周旋。如蚁想方设法地攻入,无奈老僧守得铁桶般紧,如蚁攻不进去。趁这当儿,老僧的炮打了如蚁前沿上的兵,他的卒在车的护送下一个一个默默地过了河,过河后的卒子们排成了一条线,等如蚁发觉时,他大势已去了。

老僧望着门口,自言自语道:"真正的将帅是兵。一个棋手不爱兵,他势必要输的!"

如蚁抬起头望着老僧。老僧语重心长地说:"其实象棋根本不是争输赢的。它是一种悟。无论你怎样强悍,怎么赢了,但最终还是归于一种开始。一种轮回。"

如蚁不解地望着老僧。老僧说:"你应该知道,盘上的个个子儿都是佛,他们都是生命啊。"

如蚁说:"我是杀手,我遇佛杀佛。"

老僧唉的一声说:"施主,看来,你我的缘已尽了。你动手吧!"

领　命

老僧端坐着,佛一样的笑着,闭上了眼。

如蚁望着老僧,泪水不知不觉中流了出来。他扑腾跪下了,极虔诚地磕了一个头。

老僧波澜不惊地说:"施主,我是早就该归天的人了。说实在的,我超度了很多人,但就是没有超度我自己。施主,你来超度我吧!"说完眼里便滚出了两滴又黏又稠的泪。

如蚁就凝视他的剑,剑是老魔给他的。老魔给他剑的时候对他说:"记住,你只要接过这把剑,你就不是你了。"

如蚁早就想拥有那把剑。剑是绝世的宝剑,像一条青龙,浑身泛着令人打战的寒光。

老魔说:"你要记住,剑是你的命。所有在剑下躺倒的,都是该杀的。我们是在做善事。"

那天,老魔环视了一下四周,问众杀手:"你们谁去杀去心?"杀手们都低着头,很孬。

众杀手都知道:凡是去杀去心的人最终都被去心给超度了。都剃发成了和尚。这是杀手们的耻辱。因为杀手有两个选择:或是杀死他人,或是被他人杀死。但剃发为僧,忏悔自己,那是杀手的奇耻大辱。

老魔环视了手下,唉了一声,那一声很凄凉,很痛苦。

如蚁上前一步说:"我去!"

老魔定定地盯着如蚁,好像沉入了一眼井里,很久,才爬上来。

老魔想劝如蚁,说:"你,你不要去!"

如蚁说:"我是杀手!"

老魔摇了摇头说:"你杀不了他。真的,你杀不了他!"

如蚁就又看了眼他的寒冰剑,然后幽幽地说:"我剑下只有该死的人!"

老魔哈哈大笑说:"好,不愧是我的王牌杀手。那我就只好成全你了!"

如蚁双手一拱说:"谢魔主!"

恨　　源

老魔把如蚁叫到内室。老魔说:"想知道我为什么杀去心吗?"

如蚁说:"佛魔不能同存。"

老魔摇了摇头说:"你只说对了一半,而真正的一半却是为你母亲!"

如蚁不懂,他呆呆地问:"什么,为我母亲?"

老魔长叹一声,很痛苦地说:"二十三年前,去心勾引你母亲,后来,你母亲为他死了。"

如蚁没有吱声。

老魔又长叹一声,摇了摇头,像是自言自语:"如蚁,你杀不了他!"

如蚁问:"为什么?"

老魔说:"他是你父亲!"

如蚁就看了看剑,在剑光里,如蚁看清了娘。娘在慈祥地笑着。笑得很亲切,很善良。

娘死的那幕如蚁记得清清楚楚。娘死的那天夜里,娘给如蚁讲了一个故事,故事的大致是这样的——

从前有个和尚收了两个徒弟,和尚是半路出家。膝下有一女儿。大徒弟和二徒弟都爱上了这个小师妹。可小师妹喜欢的却是比她大很多的大师兄。大师兄为人正直、厚道、心胸宽得能撑船。二师兄虽然待她很好,可小师妹就是不喜欢。后来,老和尚要圆寂了,就把小师妹许给了二师兄,旷世的武功传给了大师兄。小师妹起先不愿意,就跟父亲说:她喜欢的是大师兄。老和尚说:我早看出来了,但是,不这样不行。不然二师兄会为你着魔的。

"为什么?"小师妹问,"你就没想到我会着魔吗?"

老和尚就笑了笑说:"孩子,你的性格我了解,你不会的,但你二师兄他会。你大师兄虽然痛苦,但他能忍。他是成佛的料。我知道这样做是在牺牲你,可人活着不能光为自己,要为众生活着,要超度他们啊!"

小师妹就看父亲的泪。父亲的泪很干净,水晶似的。她只好点了点头。

可小师妹恋着大师兄。天天在一块,痛苦就一天天增长,不知为什么,对二师兄她就是喜欢不起来,多少次她强逼自己,去爱二师兄,去疼他,去亲近他,去把心交给他。可就是不行,她很苦恼,二师兄也就苦恼。二师兄就恼起了大师兄。他认为:小师妹不喜欢他,全是因为他。

后来二师兄打算领着小师妹远走他乡,临走的头天,小师妹去找了大师兄。在大师兄那儿,她过了整整一夜。

当时二师兄没有说什么,可从那时起,二师兄就变了。后来二师兄就变成了一方魔头,他一心想杀死大师兄。无奈他功力不济,连去杀了大师兄三次,都败在了大师兄的手下。

小师妹后来就生了一个孩子,是个男孩。小师妹一直想死,但为了孩子,她忍辱负重,她说她要对得起大师兄。

如蚁当时已懂事了。他就问母亲:"那个小男孩呢?"

母亲告诉他:"那个小男孩叫如蚁。"

如蚁很惊异,问母亲:"什么?他和我一个名字?"

母亲肯定地说:"对,他和你一个名字。"

给他讲完那个故事的第二天,母亲就死了,母亲好好的,一点病也没有,说死就死了。但母亲交代他的那件事他永远没有忘。

如蚁现在才明白母亲所交代的事是什么,他如今明白了他是谁。他望

着老魔,看着寒冰剑说:"忠孝不能两全,我只有让我的剑替你回答!"

命运真会捉弄人。从进入善州的那天起,如蚁就后悔了。他问自己:我为什么来呢?我可是来杀自己的亲生父亲……后来他平静了,他知道他是杀手。杀手是什么也没有的,只有剑下淌血的尸体……

从见到老僧的那一刻起,他像是被击中了,他虽然忍着自己,让自己坚强,可是他明白,已经不行了,因为他下不去手。他明白老魔为什么不让他来的缘故。

也不知道刚才为什么就跪下了,鬼使神差似的。是为老僧跪下的?还是为老魔?是为母亲?还是为他剑下的冤魂?如蚁脑里很乱,像团麻,像善州的羊肉汤一样纷杂。

如蚁望着剑,他想起母亲的那句话……

杀 身

老僧就感觉青光一闪,他伸出二指,夹住剑刃,无奈剑锋太利。接着他耳边响起了倒下的声音。老僧睁开眼,看到如蚁已倒在身边。

老僧慌忙抱起如蚁说:"你怎能这样呢?"

如蚁颤颤地叫了声:"爹!"

老僧的心一抖,泪就似断线的珠子,老僧唤了声:"阿弥陀佛。罪过啊罪过。"

如蚁说:"我终于叫了你一声爹,我死了也心甘了。"

老僧什么都明白了,老僧泪雨滂沱。老僧望着门外说:"师弟,你为什么这么狠心呢?"

门外响起了一声大笑。"哈哈哈哈……"一黑衣人已站在门口。

老僧问:"你为什么这样狠心呢!"

黑衣人说:"因为我是魔!"

老僧抬头苦笑说:"师弟,我早已是无心之人了,你那是何苦呢?"

老魔狠狠地说:"你虽无心,可你有情。我要绝的就是你这个情。"

老僧又唤了一声:"阿弥陀佛。"

老魔得意地说:"我让如蚁来杀你,临来之前,我将真相告诉了他。"

老僧叫了声:"阿弥陀佛。"

老魔问:"你为什么不问我为什么把真相告诉他。"

老僧长出了一口气说:"你有你的道理。师弟,回头是岸!"

老魔说:"你知道的,你不说!"

老僧念了声:"阿弥陀佛,罪过罪过。"

老魔说:"收起你的把戏吧!佛是什么,你认为佛是伟大的吗?佛是浑蛋。"

老僧说:"你心魔太重,你已走火入魔了。"

老魔说:"我是魔!"说完哈哈大笑。然后接着说:"我知道如蚁不是你的对手,但如蚁是你的儿子,是你和翠花那个荡妇的儿子。二十年前,你和翠花这个浪女人的孽种。翠花死了,她死得好。如今,你的儿子也死在你的眼前了,哈哈哈……"

老僧又唤了声:"阿弥陀佛!"

老魔问:"你为什么不给你的儿子报仇呢?"

绝　杀

老僧说:"我乃已无心之人,恩恩怨怨已如烟云,况且我去日已近,不想双手沾上血腥。"

老魔有些失望地说:"怎么,你真是这样没点人味吗?"

老僧说:"我乃方外之人,心中只有佛。师弟,一心向佛吧!"

老魔暴跳如雷:"你向我报仇啊!"

老僧说:"仇,何是仇,我眼中只有空。"

老魔说:"如蚁可是你的儿子啊!"

老僧反唇相讥说:"施主,如蚁也是你的儿子啊!二十年的养育恩啊!"

老魔像被击中了,他说:"对,他是我的儿子,是我最疼爱的儿子,但是,为了杀你,却死了。却在你跟前死了。"

老僧说:"佛超度他到净土中去了。师弟,放下屠刀吧!"

老魔说:"我为什么要放下呢!你认为你的佛就是那么的正确吗?告诉你,你也是魔。活在世上的人都是他妈的魔。"

老魔疯狂了,他说:"想知道咱们为什么是魔吗?"老魔知道,非得用这种方法来对付老僧了,不然他得输,他已输了半辈子了,不能再输了,再输,他输不起了。老魔就告诉老僧:"起初,这个星球在没有人的时候,空气中飘荡着很多泡泡,里面装的是追求和希望,人们都叫它们为'欲'。后来人出现了,就像戏台上人登场,一个接一个地出来了,每个人出场的时候,都抓住了一个'欲'。并把它们充实到自己的脑子中去。只有这样,人们活得才有意思。才能走完自己的路。有的人抓住一个,强壮的人就抓住一把。只要抓住这个泡泡般的东西,人就变成了魔"。

老魔说:"我承认我是魔,可你去心之人难道不是魔吗?你抓住的是'佛'。你为之去参悟去苦想,你就变成了魔,我们都是他妈的魔。我们之间没什么区别,没有什么对错,对错是相对成功而言,成者王侯败者贼,所以说:我要的只是成功。"

老僧说:"阿弥陀佛,听你一席话,我算明白了。"

老魔说:"你什么也不明白,你如果明白还当什么和尚?你觉得你为之捍卫的是什么正经的东西吗?是玩笑!"

老魔说:"这个世界根本就没真理,真理是长在强者嘴上的。是长在我老魔嘴上的。我也知道我做得过火,但我做得成功,没有人敢说我的错,说我的错他们就得死!你知道这个世界上谁最浑吗?告诉你,就是你苦心超度的佛,就是你一心想成为的佛!"

老僧不屑一顾地说:"你已彻底成为魔了。不可救药了,阿弥陀佛。"

老僧哈哈大笑一声,说:"咱们都是魔!在你眼里,我是魔,而你在我眼里,也是魔。谁做得对,谁做得都不对。只要他心中有欲,有想法,他就永远做得都不对!"

老僧说:"阿弥陀佛。"

黑衣人嘲笑说:"你想清白?你永远也清白不了,你们和尚最虚伪,就说你们清规戒律中的最重要的一条:不许杀生吧,你们哪个没双手沾满血腥?人是生命,种子、蔬菜难道不是吗?野菜果子难道不是吗?你们活得最苦最累最不真实,你们既是婊子还想立贞节牌坊,所以说你们都永远只是和尚而成不了佛!"

老僧听后长呼一声:"阿弥陀佛!"

老僧很痛苦地说:"师弟,正因为万事皆错才是空。所以我才一心皈依。你为什么给我说这么透呢?你要知道,什么一透就没意思了。说实在的,你若一心向佛,你还有救的。"

老魔仰天大笑:"这是一个群魔成乱舞的时代,咱们都是魔,你知道你手下的众弟子吗?一夜之间,我都给你瓦解了。他们都有欲,我就给他们各自需要的东西,权、钱、女人、旷世的成功,他们在你这儿压抑得太久了,所以那些东西就紧抓不放。"

老僧的泪长长地流了出来,说:"师弟,我千方百计想给人们留下一点可归附可信赖的东西,你为什么不让我留下来呢!人活得太苦了,他们没有寄托、没有向往是活不快乐的。你知道快乐吗?"

老魔说:"收起你的假惺惺吧!人只要有欲,他就永远快乐不了。"

老僧坚定地说:"不,人们能快乐!只要一心向善、向美、向真。就一定能活得快乐!"

老魔说:"那是谎话。你已死无葬身之地了。"

老僧唤了声:"阿弥陀佛!"然后,自言自语道:"我该走了,我真的该走了。"

老僧坐化了。

老魔哈哈大笑，说："我终于打败了你，我终于打败了你！"老魔扶起如蚁，忙往他嘴里塞进药丸，但如蚁已无动静了。

归　　途

老魔看着老僧看着怀里的如蚁，泪稠稠地流了出来，他知道，他赢了，可他什么也没有了，他想不明白，难道赢的只是空吗？

老魔望着如蚁，又看了看老僧，老魔知道该做的他都做完，他只觉脑中一片茫然，心里一片空白，从来没有的空白，在那一瞬，他觉得自己真虚，就像一个空洞。他猛然感觉活着一点意思也没有了，真的，儿子没了，对手没了，希望没了，目标没了，什么都没了。

老魔就哈哈地笑了，笑得很空茫、很凄凉。笑着笑着，他想起了小师妹，他仿佛看到了小师妹那双忧郁的眼睛。他太爱那双眼睛了，爱得发狂，爱得着魔，正因为爱，他不希望小师妹再看别人。这回，小师妹没看别人，只是望着他定定地看，苦苦地看……老魔知道，那是小师妹在唤他呢！他明白，他也该走了。

老魔就又笑了，笑着笑着倒在了老僧的身边。

如蚁醒来的时候，天已经晴了，如蚁看到了两具尸体。老僧佛一样的笑着。老魔也是笑着，看样子，他的笑很痛苦。如蚁摸了摸脖子。他发现，他的脖子上剑口已经结疤了。

如蚁就跪在了两个人的跟前，磕了两个头。

后来天晴了。

再后来，静心寺里又响起了木鱼声，那就是一个二十多岁的非常俊秀的和尚，在敲着木鱼，诵经。

阿弥陀佛——

手中的幸福

从前有座山叫悬心山。山很高。山腰上有座庙,庙里有两个和尚,一老一小。老的胡子都白了,小的没多大,十四五岁的样子。

每天天一亮,老和尚就领着小和尚做早课。就是诵九九八十一遍的阿弥陀佛。诵时,小和尚敲木鱼,老和尚敲磬。小和尚一边念一边敲木鱼,梆、梆、梆、梆——梆梆之间的响声的间距均等,木鱼声就显得祥和,老和尚的磬就敲得轻松。小和尚的木鱼不是回回敲得这么稳当,有时不高兴了,木鱼就敲得没章法,不光急,还乱。老和尚虽闭着眼,心里却看得清清楚楚。

这天,小和尚早课时木鱼又敲得没章法了,急乱不说,还有着怨气。老和尚微微睁开一只眼,看到小和尚在看自己的草鞋:鞋底烂了,系在脚面上的鞋带却完好如初。老和尚知道这是他这段时间天天下山的缘故。下山是化缘,是去善良人家收获善果的。望了望庙门外的山路,陡陡峭峭,弯弯曲曲,这是唯一通向下面镇子的路,老和尚知道这条路不好走,其实,世间的哪条路好走呢?好走,我们就不会来当和尚了。老和尚叹了声,重重敲了下磬。

小和尚抬头看了一下师父。师父已知道自己的那点心思了。小和尚就老实敲自己的木鱼了:梆——

做完早课,用完斋。小和尚又该和昨天一样下山化缘。小和尚有点不想去,说:师父,下山这段路太难走了!

老和尚知道小和尚为什么这么说。庙门前的这条路真的太难走了,作

为出家人,能有一条路走,这就是福了,小和尚小,很多的事他不懂。老和尚问:缘还好化吗?

小和尚说:好化。就是路太难走了。你看,我的草鞋。

老和尚早就看到了,可还是弯下腰看了一眼小和尚的草鞋。叹了声,唉!

老和尚知道,叹完这一声小和尚心里一定会熨帖好多。小和尚虽说是空门之人,可他还把自己当作红尘中的小娇娃。可你早就被红尘抛弃了。老和尚想,小和尚还小,有些事是要悟,可有些事还是需要说的。不过,说也得找准机会。

老和尚望了一眼佛像说:今天,师父就陪你一块下山吧!而在此时,庙门口来了今天的第一个香客。

香客是个拖巴子。拖巴子就是没有两脚而用手走路的人。拖巴子走路有意思:先把身子趴下,两只手在前面抓着路面,然后身子向前一弓,没有脚的身子就走了一"步"。拖巴子走得满头大汗。两条腿被山路刮磨得血淋淋的。拖巴子四十多岁,浑身脏兮兮的,唯一给人印象的是他的眼睛,好像里面有钢钩似的,看什么都狠狠的,都想一把抓住似的。这是一双不屈的眼睛啊。老和尚知道,自己在这双眼睛跟前是惭愧的,是抬不起头的。

香客身上背着一炷香。香在拖巴子的肩上随着他的走动一起一伏。那双眼神让小和尚一颤,小和尚手里拿着的背袋掉在地上。

小和尚跑了过去想搀拖巴子。拖巴子望着小和尚伸过来的手,摇摇头。然后,又独自"走"进庙门。"走"进佛堂。

拖巴子把背上的香取下,递给小和尚说:小师父,麻烦把香给我上上吧!

小和尚把香点着插入佛前的香炉中。拖巴子双手合十,深深弯下腰,磕了一个响头。拖巴子说:他们都说我是没腿的人,上不了悬心山,说我不能来给你上香,我不信。我虽腿有残疾,但我的心没有残。我一定能上悬心山。我爬了整整七天。在这七天里,我没让一个人搀扶,就是靠着我的一双残腿走上来的。佛祖啊,我是个穷人,今天什么也没给你带来,只给你带来一炷香。

老和尚说:施主,这就够了。佛祖看到你能来到他的身边,他就很高兴了,别说你又给佛祖上了一炷香。

拖巴子说:那我就谢谢佛祖了。拖巴子又看了看佛祖,然后就默默转身,向来路"走"去。

老和尚说:施主,你不向佛求什么吗?

拖巴子停下了,摇了摇头,然后又一"步"一"步"地向山下走去。

老和尚对着拖巴子的背影念了句阿弥陀佛。然后对小和尚说:他是最懂佛的啊!小和尚不明白,老和尚说:其实,他就是佛啊!

小和尚还是不懂。老和尚说:每个人都是自己的佛,关键是我们自己能不能找到啊!找到了,那就是自己的福啊!

而那个拖巴子,已消失在下山的路上了。

小和尚低下了头,再抬起时,眼里溢满泪。小和尚说:师父——

老和尚说:不要说了。你现在明白就不晚。走,师父和你一块去!

小和尚摇摇头说:师父,不用了。说着拿起自己的背袋和饭钵,敲着木鱼下山了。

木鱼声清脆嘹亮,节奏急缓有序,听着木鱼声,老和尚对着小和尚的背影念了声:阿弥陀佛!

梅 花 瘦

了空在没当和尚之前,叫张君瑞,是一红门秀才。

那时的了空很爱梅花。有一天,了空和学堂里的先生去静心寺听老和尚讲经,见禅院里育了很多的梅。先生就试探着问老和尚要。先生说自己喜欢梅。喜欢梅的高洁,喜欢梅的孤傲,喜欢梅的清香,喜欢梅的不屈……先生说了很多梅的好,最后问老和尚:能不能讨一株养?老和尚听了很高兴,说我育的就是给人养的。梅能给你养,是梅的福。并说,在我这里只是开一禅院的香;如要到了学堂,就会开一学堂的香,一村子的香。

老和尚就给了先生一株。

看先生能要来一株,了空也试着问老和尚要。没想到老和尚很爽快,也给了了空一株。老和尚说:如若村子在冬天里都是梅花的香,那将是一件很美好的事,对他来说是一件功德无量的事。

了空就和先生每人背着一株梅回到学堂。师徒俩就把梅栽到学堂前的菜地里。两人很爱护各自的梅。可令了空郁闷的是:他的梅就是没有先生的梅长得旺。

他就不明白:一样的梅,一样移栽的,又都栽在同样的土壤里,为什么长势不一样呢?

他问先生。先生一听这话脸就有些红了。先生看了看来唤他吃饭的夫人,告诉了空:树和人一样,你要对它投入感情,并把感情作为底肥。你投入得越多,树就会长得越旺,花就会开得多,开得大,开得香。

说是这么说,可怎么样的投入法?了空很聪明,他就注意观察先生:他看到,先生每天都在下了课后写诗,写好后,就把诗稿埋到梅下。天天如此。

了空猛然间明白先生所说的感情了。

那时的了空已是张秀才了。当然,已是秀才的他心里早有了一个暗恋的人。那个女孩叫慧儿。他是在放学的路上见到的,当时女孩和父亲一起去地里锄草,慧儿肩上荷柄锄。就在她们擦肩而过后,女孩回首看了他一眼。他也回首望了一眼女孩。之后,他就放不下了,就好比女孩肩上扛的那柄锄,重重压在他的心上了。那时他早就订好了娃娃亲,那是三岁时父亲给定下的。定的是善州城里王员外的千金郁儿。

有和他一块同路的学友告诉他:女孩叫慧儿,是先生村上的一个佃户人家的女儿。并说女孩早被他爹许配给了南面十里外一个村上的员外做妾。了空就把这个叫慧儿的女孩暗暗记下了,有时一个梦里都是慧儿的影子。

了空就故意天天放学走那条路,期待着再遇见慧儿。可遗憾的是,他一次也没遇上。

了空知道了什么叫思念。思念就是对一个人牵肠挂肚的念想。于是他就把对慧儿的感情开始用诗表达。他清楚,表达出来的这个东西就是先生所说的感情。

了空也学着先生的样子把那些写了思念的诗词都埋到他的梅下。他想,来年的冬天,他的梅也会和先生的一样——绽一树的花,开一树的香!

转眼冬天到了,到了梅花绽放的季节,他看到先生的梅树上爆出了又多又大的花苞。可他的树上只挂了几朵瘦瘦的蕾。他想不通:对这株梅,我没少投入感情啊,论起来,比先生的还要多呢!

他问先生。他说他想不明白,梅这样对我,太不公平了!

先生问:你给它投入的是什么感情?

他的脸一红说:是对一个女孩的思念。

我知道你的梅为什么苞蕾这么少了,先生紧皱的眉头舒展了,他问了

空:古人有句诗,人比黄花瘦,你知是为什么吗?

了空说:知道,是因为思念。

先生问:你知道我给梅投入的是什么感情吗?

了空摇了摇头。先生看着梅花,深深地吸了一口气,很陶醉。望着了空好奇的眼睛,先生说:我用的是爱啊!是对你师母浓浓的爱啊!……

后来了空去寺里做了和尚,他跟着师父念完早课后就去后院侍弄梅。师父看他这么喜欢梅,就专门给了他一株,让他侍弄。师父说,空门和红尘一样,都需要自己去悟。你要从养梅的过程中,悟出什么是佛,什么是空。

了空想,这有什么难的,如何养梅,以前我在学堂里就跟着先生学会了。怎么养,关键是给梅上好底肥。用什么做底肥,用爱啊!

了空没有给老和尚说这些,心想,到我的梅开了满树的花,开了满树的芬芳,再给师父说吧!

了空每天做完早课就开始写诗,写关于爱的诗。当然,这些爱的诗都是那么热烈和真诚。最后都被他埋在了梅树下,做了梅的底肥。

夏天风干了。秋天也丰收了。转眼风里长骨头了,之后长刀子了。雪就开始飘舞了……

每天,了空都去看他的梅。大雪开始飞舞了,他发现,他的梅也开始开花了……只是让他意想不到的是:他的梅比起师父的,花蕾不光少,而且苞还小,还瘦。

了空不明白,心想:我给梅施的底肥可都是爱啊!

老和尚听了什么都不说,只是念了一句:阿弥陀佛!

了空问师父:为什么?为什么啊?为什么会是这样啊?

老和尚说:你看看我给梅都是施的什么肥你就明白了。

了空就随着师父来到了师父的梅园。梅园里有一个用泥糊好的坟样的土堆。老和尚指着土堆说:那里就有你想要的答案!

了空打开土堆一看:土堆里埋的是从茅房里清理出来的正在发酵的粪便!

了空问:你,你就是用这个做底肥?

老和尚点了点头。

了空说不对啊,在学堂的时候,先生对我说,要用爱啊!

老和尚说:对啊。先生说得对啊!

了空更不明白了。

老和尚说:对梅来说,发酵好的粪便就是最好的爱啊!

了空说:可这些都是肮脏的东西啊!

老和尚说:对我们来说是粪便,可对梅来说,却是最好的爱啊!说着他闭上了眼,深深地吸了一口梅花的清香说:这些就是佛。因为它们是真啊!

了空猛然明白了。他也学着师父的样子美美地吸了一口寒风,一滴泪从他的眼眶流出。老和尚清楚,这滴泪就是了空的梅为什么瘦的原因。他对着佛祖的方向响亮地诵了一句佛号:阿弥陀佛!

阿弥陀佛啊……

桃 花 笑

了空跟着师父无尘去山下的镇子化缘。

虽是初春,风却明显地软了。像融在水里的冰糖,刮到身上还有些硬,可会闻到甜甜的气息,还有着香。了空就抽搐着鼻子闻,小巴狗一样的,好可爱。无尘回过头来看,什么都看到了,脸上没说什么,心里却笑开了。

抽搐着鼻子的了空仔细闻着风,他感觉到了香。这香,清爽爽的,暖乎乎的,还有一丝腥,艳艳的腥。了空向飘来香味的地方望去,他找到了——那是一片海——绚丽的海。

他用手指着那海,对老和尚说:师父,你看。你看!

无尘老和尚就顺着他的手指望去,的确是一片海——灿烂的海。

老和尚说:阿弥陀佛,是桃花啊!

小和尚说:师父,我想看看。

老和尚想对小和尚说:孩子啊,咱们都是被红尘抛弃的人,桃花再艳再美,也不是我们的啊!可老和尚没这样说,望着小和尚那双什么也没有的眼睛,只是说:好啊,咱们一块去看看。

师徒俩就走向了那片红色的海。

铺天盖地的鲜艳一下子把他们淹没了。小和尚很高兴,大着声音叫:啊——啊——小和尚叫得很忘我,小和尚叫得很疯狂,小和尚叫得很是小和尚。

老和尚也想像小和尚那样喊,可他不行,他是师父。老和尚就咽了两口唾沫,念了一句:阿弥陀佛!

喊着喊着,小和尚猛然止住了。老和尚不知了空怎么了,就向他看去,发现小和尚在望着前面的几朵云发呆。

那几朵云是几个女孩。女孩是踏青的,来看桃花的。桃花这么缤纷地开,这么敞开心怀地开,这么无拘无束地开,女孩子们怎能沉得住气呢?

女孩来到桃林时,一下子被这么多的绚烂击中了,更被这片缤纷的海淹没了。当然,也被这么多的绽放感染了,她们就感觉自己也是这桃树上的一朵花了。女孩们就在这桃林里跳啊,跑啊,说啊,笑啊。她们一下子把这个春天撩拨得暖乎乎的,香喷喷的,闹腾腾的。

老和尚发现了空定定看着一个女孩。那女孩是这群女孩中最小的一个,也就十五六岁的光景,和小和尚的年龄相仿。女孩很文静,不像其他的几位那么一惊一乍,欢喜跳跃,而是静静地看着一朵又一朵花,好像在用心和花们交流。

女孩很美,美得就像一朵含苞待放的花蕾。

这时,女孩也许感觉到了小和尚。她回过头,发现了身后那双痴痴的眼睛。女孩定定看着小和尚,她看到了小和尚呆呆的目光,那目光很单纯、很洁净、很空灵、很陶醉、很可爱,还有一些是好笑,是傻得可爱的好笑。女孩就对着这个目光一笑,当然,这笑是脉脉的笑,是只对小和尚一人的笑,笑是干净的,清纯的,可爱的,还夹杂着一些调皮。这个笑很美,很生动,就像那一朵朵正在妩媚开放的桃花!

啊,好美。小和尚喃喃地说:师父,好美!

老和尚看着桃花说:是啊,好美! 真的好美……

看着桃花,老和尚想起他的少年——

他的少年是无忧无虑的。他家南面的山上有一大片果园,里面有很多桃树、梨树、杏树什么的。天一暖,他就喜欢和寄住在自己家里的表妹凤儿去山上的果园里看花。果园里一个春天花是开不败的,先是杏花俏,然后是

桃花艳,之后又是梨花白,再往后又是苹果花儿开,之后树下就会开满热烈的油菜花,油菜花用自己奔放的颜色把所有在这个季节的开放推向了高潮。之后就到了夏天,园里的石榴花在炎炎的烈阳下像火一样燃烧着开放了,她把自己绽放成火焰,绽放成等待去亲吻的红唇……当然,他最喜欢看的是桃花,是和凤儿一起看。那一次,他和凤儿一起手拉手跑进桃园,当时的桃花也和现在一样,正在如火如荼地开。她们跑进果园,在桃花里跑啊,欢呼啊,他记得他摘下一朵桃花,要给凤儿插在耳边,可凤儿接过桃花,却对他说,她听到了桃花在哭。他当时光顾喜悦了,不理解凤儿为什么这么说,他说:哪会呢。一朵花,哪会哭呢!

凤儿说会。凤儿指着折断处,断处正有树汁流出来,她说:你看,桃花在流泪呢!

他低下了头。凤儿说:桃花在疼呢! 他更不好意思了,头低得更低了。

凤儿说:答应我,以后不要再折桃花了,好吗?

他使劲地点了点头。凤儿说:如果你真想折,你就把桃花想象是我。你一折,我就会疼,你就不会折了,好吗!

他说:好好好。我以后永远不再折了! 看着他那副内疚的样子,凤儿猛地在他脸上亲了一口。当他抬头去看凤儿时,凤儿却扑哧笑了。凤儿笑得真美,绚丽,真诚,纯美,好像那一朵朵在绽放的桃花……

没有多久,凤儿却得了一场病,病是坏病。凤儿在走的时候,他只记得他哭了。哭得很厉害。凤儿让他不要哭,凤儿拉住了他的手说:你答应我的,我记得呢,你不会再折桃花了! 是吗? 他慌慌地点头说:是的是的,不会了永远不会了! 凤儿笑了。凤儿就这样笑着走了……

以后,每到桃花盛开的季节,看着桃花,他总会想起凤儿在桃花中的笑……

看着桃花,了空想,要是折一枝放到禅房的水罐里,桃花不是会开一禅房绚烂吗? 想到这,就起身去折。当他的手搭上桃枝要折时,手腕却被老和尚攥住了。

老和尚说:不要啊!不要啊!

小和尚不解。

老和尚使劲捏了一下小和尚的手腕,小和尚叫了一声。老和尚说:这样捏你一下你都叫疼。你折了桃枝,桃花也会疼的,桃树也会疼的,这个春天也会疼的!

小和尚看了看桃花,又看了看远处的那朵云,云在向远处飘去。小和尚缩回了手。

小和尚说:对不起,师父。

老和尚说:小狗小鸟是生灵,树也是啊,花也是啊,这些美好的东西也是啊!

小和尚低下头说:师父,我,我以后不会再折了。

老和尚说:孩子,你记住,好好爱它们,它们就会给你好好地开花,开世上最最好看的花!

小和尚说,我一定好好爱它们,不再让它们疼!

老和尚眼里流出了泪。老和尚说:是啊,孩子,爱它们,不要放在嘴上,要放在心里。要在心里珍惜。要用一辈子来为它们祝福,像为师这样——说着老和尚双手合十,闭上双眼,念了一句:阿弥陀佛。

小和尚也学着师父的样子,闭上双眼念了一句:阿弥陀佛。

当小和尚闭上眼时,发现他的脑海里都是桃花,都是那个女孩的笑。小和尚说:好美啊!

老和尚知道小和尚看到了什么,就也闭上了眼,此时,他的眼前都是凤儿的笑,那是桃花的笑容啊……他禁不住双手合十,颤颤地念:阿弥陀佛。阿弥陀佛啊……

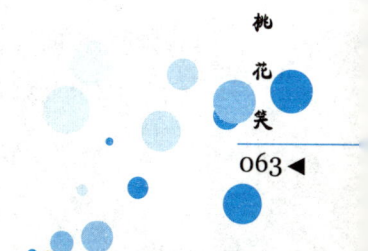

菊 花 痛

悟了禅师去南方云游时带回了一株花。是菊花。花是黄色的,碗口那么大,风一吹,花瓣就颤颤地抖,就有清香从瀑布一样的花瓣里缓缓地溢,漫出去,涌满了寺院。一个寺里就都是菊香了。香很清淡,很能滋润人的心。闻着这香,就会觉得很暖和,很熨帖,阳光似的。心里的一些苦了或痛了,就会觉得远了,淡了,空了。

这种菊花比别的品种开得早。才八月半,花就开了。一开,菊香就像洪水一样地漾,先是一个寺院都是菊花的香,后来,寺院盛不了,就向山下淌去。一直流到山下的镇子上。

循着香,很多的人来到了寺里。他们先给佛祖上香,把刚收获的鲜果供到佛案上。然后来到后花园。看着这满院的菊花,眼里满是激动,嘴里不停地说美啊好美啊。了空小和尚就跟着说:是美是好美。悟了禅师只是跟着念:阿弥陀佛。阿弥陀佛啊!

闵秀才也是循着菊香来到的寺院。闵秀才这次没皱眉头,和普通的香客一样,眉宇间有着激动和兴奋。悟了禅师一看闵秀才在不停地抽搐着鼻子,就在心里笑了。可这笑没有流露出,只是诵了句:阿弥陀佛。

闵秀才来到后花园,看到了满院正开得如火如荼的菊花,惊呆了。悟了禅师问:你闻到了?闵秀才拼命吸搐着鼻子说:闻到了。我闻到了。真香啊!悟了禅师问:好看吗?闵秀才说:好看,好看。好看死了!闵秀才就走进了花丛里,嘴里不停地说:美啊,真美啊!听闵秀才这么说,悟了禅师脸上的笑就很滋润,很醉。闵秀才在花丛里转一阵,看了看天说:哎呀,该去学堂了!接着闵秀才又说:真不舍得离开啊。真美,真美啊!悟了禅师点了点头。闵秀才欲言又止,最后不好意思地说:禅师啊,我想——悟了禅师念了一句佛号说:你不要说了,我知道你要说什么。闵秀才有些不好意思,问:可以吗?禅师说:我早就给你准备好了!说着禅师领着闵秀才来到一株开放得生机勃勃的花儿旁说:这是园里花蕾最多、开得最壮的一株。把它送给你,但愿它能给你们师生带去清新和欢乐!

闵秀才听了深深施一礼说:谢谢大师了!

接着悟了禅师就向闵秀才交代关于育养菊花的一些花经:像开春栽根、五月扦插的繁殖法;像怎样捉虫、怎样施肥、怎样摘杈、怎样孕蕾的管理,禅师说得清楚而认真。禅师说:花儿是有灵性的,你对它好,它就会开出最美的花来报答你。你对它不好,它就会用它的枯萎来回答你啊!

闵秀才说:大师,我明白了。我一定像对待学子一样来对待这株菊花!

悟了禅师听了之后对闵秀才深深施了一礼说:我代这株花儿谢谢你了!

闵秀才说:禅师啊,你这是在折杀我啊!

悟了禅师摇了摇头说:施主啊,我是真的谢谢你啊!

闵秀才知道禅师说的是真心话,就看了看手中的花说:那,那我就回了!说完双手捧着菊花回学堂了。

闵秀才一要开了头,前来向禅师讨要菊花的香客就多了。他们都先夸菊花好看,接着就向禅师说想要一株栽在院子里。禅师都答应了。就把他们领进花园里,用花铲剜出,包好,然后像对闵秀才一样把怎样管理菊花的一些技巧都交代一番。香客们都点头说:放心,我们一定会好好照顾这株花儿的。悟了禅师就很高兴,就对香客们施礼,说是代表花儿谢谢你们。禅师的这一谢,弄地香客们都很感动,他们都是像闵秀才一样捧着花儿回去的。

来要花的人接二连三,禅师都一一满足。在禅师眼里,这些人一个比一个亲近。最让了空小和尚不解的是,一个乞丐来讨花,师父也和那些香客一

样给。小和尚本来对师父送花就有想法,但碍于香客们都是寺庙的施主,也就把一肚子的想法憋心里了。可给乞丐花儿,他穷得家都没有,往哪儿栽啊?

悟了禅师说:乞丐虽没土地,可他有心啊!

了空小和尚不懂。

悟了禅师说:有的人是用土养花,可有的人是用心养花。用土养花的人是为了眼的激动,而用心养花的人是为活着的欢乐啊!

小和尚低下了头。

花园的花儿就这样被香客们都要走了。当最后一株花儿被香客捧走之后,小和尚看着散发新鲜的泥土气息的空荡花园,想象着原来满院的生机和芬芳,再也忍不住了,哇的一声哭了。

悟了禅师问:怎么了?

小和尚手指着这像没有了阳光一样空寂的花园说:本来,这里该是一院菊花的,我们该是一寺菊香的!

悟了禅师念了一句佛号说:孩子啊,菊花开在我们寺里,我们是一寺菊香,而我们把菊花送给施主们,三年过后,那可是遍村的菊香、遍镇的菊香、遍野的菊香啊!

看着师父脸上那像盛开的菊花一样的笑容,了空小和尚心里一颤。是啊,遍村遍镇遍野的菊香,那可是比一寺菊香大多了,也香多了。那是一个天地都是菊香啊!他知道自己错了,低声叫了声师父。

悟了禅师说:孩子,与大家一起共享美好的东西,即使自己什么也没有,心里也是快乐的。因为这才是快乐,这才是真正的幸福啊!

天一入冬,悟了禅师去了山下一次,回来时背回了很多人们丢弃的菊花。禅师把这些枯萎的残花重又栽到花园里。了空小和尚很生气,一边帮着师父干活,一边说:他们也太势利了,花还没败呢,他们就把它们丢了呢!

悟了禅师说:别怪他们,俗世的人都这样。

了空小和尚说:难道他们都这样就对了吗?

悟了禅师说:孩子啊,这就是我们为什么要度人们的原因啊!

小和尚不懂,问:师父,咱们这样栽好培育好,你明年还会再送人吗?

悟了禅师说:送啊!

了空小和尚说:师父,你,你怎么这样呢?你是不是太蠢了?

悟了禅师摇了摇头。

小和尚问:师父,这,这,这到底为什么?

悟了禅师看着佛堂的佛祖说:孩子,能让满村遍野荡漾着菊香,这是佛祖的心愿啊!

了空就向佛堂看去。可他眼里只看到墙。

小和尚就对着佛的方向,双手合十念了句:阿弥陀佛!

墨子化剑

序：寻剑

（一）

春秋末年一个夏初的日子,在通向小邾国目夷村的路上,急匆匆走着一个青瘦老者。老者长须飘飘,仙风道骨,身后背着一把古拙的宝剑。剑穗随着老者的疾走像蝴蝶一样忽上忽下地飞舞。太阳像个暴君在天空炫耀着它的权力,把光芒的金箭射向大地。老者看了看茫茫的前路,反手从身后抽出那把宝剑,在太阳的映照下,宝剑发出冰峰一样的光芒,使人感到阵阵的寒意。老者低声吟道:骏马配骑士,青锋赠贤人,正义消邪恶,艳阳照乾坤。老者明白:八年前,他在鬼谷夜观星象,发现紫光射牛斗之虚,就知贤人已降生于此。近期紫光越来越强,他知道贤人已渐渐长大。这把湛卢剑也该和他的主人见一见了。

老人看着剑心想:这把湛卢乃旷世宝剑,我一定要给它寻一个千古的贤人。可如今,这贤人在哪儿呢?

老者正要还剑入鞘。而此时,他的前路已被一个头戴斗笠的青年汉子挡住了。

青年汉子身后背着一把剑。

青年汉子问:你手中拿的可是湛卢?

老者看了青年汉子一眼,点了点头。

青年汉子说:湛卢是铸剑大师欧冶子所铸的一把旷世奇剑,早已失踪,二十年前据说落入鬼谷主人阴阳子之手,莫非你就是阴阳子?

老者点了点头。

青年汉子说:正所谓踏破铁鞋无觅处,得来全不费工夫,十年前,我曾答应齐王,给他寻到湛卢,看来苍天助我也!

老者说:你是何人?

青年汉子冷笑两声说:不怪你不认识我,凡是认识我的人都已死了。

老者哈哈大笑:有名就是有名,何必无名呢?

青年汉子一惊,既而镇定了下来,说:既然知道我是无名,那就请把湛卢留下吧。

老者笑道:我发现凡和齐国沾上点边的人说话怎就那么横呢?我老头愿给你,可这剑还不答应呢!

无名说:那就怨不得我无名有失风度了!

老者说:自称天下第一侠客的无名剑客出手强抢小老儿的宝剑,真是有失风度啊!

老者话刚出口,无名已欺身而上,单手成刀,直击老者拿剑之手。老者侧身而躲,还剑入鞘,单掌磕开无名之手。而另一手已如灵蛇出洞,缠住了无名的手腕,只听啪的一声,无名的那条胳臂已软了下来。无名退后一步说:久闻阴阳子武功冠绝天下,今日一试,果然名不虚传。天下能在一招之内置我无名于此的也就只有先生你了。我无名输得心服口服!好,咱们后会有期!无名说完就飞身而去。看着无名的背影,阴阳子唉地叹了一声。他把眼光又投向了茫茫的前路。

(二)

就在老者赶往目夷村的时候,在落风山下的目夷村东的河坡上,正发生着一件惊心动魄的事儿。一头黄牛和一头花牛为争吃一口鲜草抵起了架。

站在一旁的几个小孩都呆呆地看,可却有一个背着小木剑的黑脸小孩上前去劝。几个小孩忙喊:别去,墨翟,危险!

可被叫作墨翟的小孩却说:难道因为危险就让它们打斗下去吗?

小孩们说:我们怕,我们不敢。

黑脸小孩墨翟说:你们不去劝,我要再不劝,那这架不就打起来了吗?

墨翟上前手指着两牛说:我说牛啊,你俩怎能为一口草抵架呢?说着手指花牛说:你呀,这么年轻,吃草该让老的先吃,怎能跟有年纪的抢呢?不知害羞!接着又指着另一头牛说:老黄,你是头老牛了,还跟小牛抢草吃,真不知丑!

牛是听不懂黑脸小孩墨翟说的什么,在它们的心目中,唯一的办法就是用抵斗来解决!因为,这是它们解决争吵的最好办法。

两头牛就开始了各自后退,聚力,就要用犄角相撞。墨翟见状,忙拉住壮牛的缰绳说:有我在,就不能让你们打!而这一切却被急匆匆路过的老者看在眼里。老者暗想:这黑脸小孩真有意思,敢拉两头正在打架的牛。我活这么大,只见过拉人打架,还没有见过拉牛打架的,今天我可大开眼界了!我倒要看看这个小孩怎样把斗牛劝开!

老者就站在一边看着墨翟劝牛。

（三）

墨翟拉住花牛的缰绳说:牛啊牛,别再打了好不好?你们两个啊要你让着我,我让着你,都在一个槽里吃草,一犋犁上拉套,有什么不好说的呢?

看到墨翟这样认真地劝牛,老者暗自笑了,心说,小孩呀小孩,你说这些话牛能听懂吗?你这不是对牛弹琴吗?!

墨翟的话真的是对牛弹琴。两头牛把他的话当成了耳旁风,各自发怒,抵了起来。

一旁的墨翟生气了,他从身后拔出了一把小木剑说:有我墨翟在,我就不让你们打架！说着墨翟就用小木剑去挑两个牛的牛角。

小木剑的掺入让两头牛发怒了,它们一角把木剑抵断,接着就发着怒向墨翟抵去!

此时站在一旁的老者知道自己再也不能静观下去了,他快步蹿了过去,伸出两手抓住两斗牛抵来的牛角,一抖手,两牛轰然倒地。两牛爬起双双向老者抵来。老者嘿嘿一笑,手抓住牛角,一翻一扣,说了一声:倒下！就见两头牛都肚皮朝天,翻在了地上。两牛气喘吁吁地爬起,看了一下老者,都胆怯地退到一边,一旁的小伙伴忙趁机拉住拴到树上去了。

墨翟在一旁看傻了,他呆呆地望着老者,好半天才回过神来。此时,他看到了地上被牛抵断的小木剑,呜呜地哭了。他捧起小木剑,自言自语道:断了,断了——

老者吃了一惊,忙问:断了？小孩,哪儿断了？你哪儿受伤了？

少年墨翟看着小木剑说:身上受点伤倒没什么,皮破了还能好。可这把木剑却是公输班先生送给我的礼物,却让牛儿给我抵断了,呜呜——

老者知道小孩是因为什么伤心了,就劝小孩:别哭,哭也断了。再寻一把就是。

墨翟看到老者身后的宝剑,像想起什么似的问:你,你会武功？

老者点了点头。

少年墨翟看了看断剑,又看了看拴在一旁的牛,他狠咬了一下嘴唇,猛地向老者跪倒了。老者被小孩这一举动跪愣了,忙拉他。可墨翟不起。老者不解:小孩,你这是干什么？

墨翟:我要拜你为师！

老者问:拜我为师？！

少年很坚决地说:我要学武功！

老者问:你为什么要学武功？

墨翟说:我要拉架。

拉架？老者问,是拉牛还是拉人？

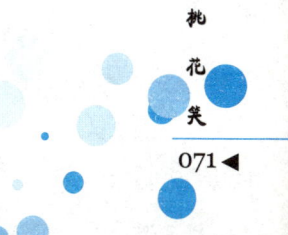

墨翟说：人和牛我都拉。有了武功，我就能拉开所有打架的，就能拉开所有打架的人和牛。

少年说着挽起衣袖，指着胳臂上的伤痕对老者说：我的很多伙伴，他们常为小事争吵打骂，为拉架我常常把自己弄得一身是伤，如果我要有你这样好的武功，就能轻轻松松把架劝开而又不伤自己。为了不让伙伴们再发生争斗，望师父把我收下！

老者听了少年的话，不由陷入了沉思。老人想：这个小孩小小年纪敢把斗牛拉，又苦口劝牛，从而看出他心地的宽广。而且他学武功，只为拉架平息争端，没有一点个人争强斗狠的意图。难道他就是我苦苦寻找的持剑人？

老者从身后抽下宝剑，看了一下剑，又看了一眼跪在面前的墨翟。但见他眉宇含英，骨骼清奇，气貌不凡，老者不由把眉头皱得更紧了，他点了点头，把少年墨翟扶起说：好吧，我教你！

少年墨翟又给老者深叩一礼：谢师父！

老者说：我现在只教你一些防身强体之术。学了这些你拉人拉牛打架已绰绰有余。若你想拉大架——

少年墨翟不解地问：师父，什么是大架？难道刚才两头牛打架不是大架吗？

老者摇了摇头说：不是。大架就是两国的争战、诸侯间的争斗，致使百姓遭殃，生灵涂炭的才是大架！

少年墨翟说：师父，我愿学拉大架！

隐者问：你真的想学？

少年墨翟说：真的想学！

隐者长叹一声说：你现在年纪尚轻，若真有此志向，十年之后到鬼谷去找我！

少年墨翟说：好，十年之后，我一定去鬼谷寻访师父！

老者看了看一旁的小孩们，他悄悄地对小墨翟说：我先授你一些功夫。今夜午时，我在前面的树林里等你！你敢去吗？

小墨翟看了老者手指的地方说:我敢去!

老者说:那我就在那儿等着你。说着老者就离开了。看着老者的背影,墨翟扑通跪倒了,向着背影喊了一声:师父!

第一章 亮 剑

(一)

若干年后。

那是一个秋高气爽的下午。在齐、鲁边地的小道上,急匆匆走着两个男人,他们一个身背包袱,一个身后背剑。两人一个大一个小,大的也不是很大,五十岁左右的样子,可脸上黧黑,身上衣服又旧又破,看样子要比他的实际年龄大得多。小的也不小,也有三十多岁。年长的就是立志拉大架的墨翟,年少的是他的弟子县子硕。此时,他们两人刚去韩国阻止了要去攻打卫国的韩国国君,正走在回家的路上。师徒两人匆匆赶路,边赶边说着这次劝韩的事儿。

县子硕问:师父,我现在还是不明白,大家都好好的,为什么还要相互地发生争斗呢?

墨子说:那是因为人们都让欲望蒙住了眼睛,人人相间相贼,说到底,是人们心中缺少爱的缘故啊!如果他们心中拥有了爱心,有爱你,爱我,爱他,爱大家,爱天下人之心,这个尘世就不会有硝烟,有杀戮了——

正说着,前方人喊马嘶,浓烟滚滚,打杀之声顺风而来。

县子硕一愣,说:师父,不好,前方有情况!

墨子说:我也听到了。在咱们来的路上就有很多的鲁国难民。齐国现在逐渐强大,称霸之心也渐露峥嵘,看来这八成是齐兵在滋事啊!

县子硕说:师父,那咱们快去看一看!

墨子点了点头,说:好!

（二）

就在墨子师徒两人赶往出事地点的时候，齐国大将项子牛正在追赶着鲁国边境上的民众，众难民扶老携幼急慌慌地往鲁国内地奔逃。

项子牛挥鞭跃马，正追赶着惊惶的难民。项子牛如今是齐王手下的宠臣，被齐王称为爱臣。因为项子牛熟知齐王的称霸雄心，而他又是齐王的具体执行之臣。这次的袭鲁地杀鲁民骚扰鲁境，他们的目的就是制造摩擦逼鲁宣战。因为齐国想扩张，而鲁国是阻挡他们西扩的绊脚石。可鲁国是儒之帮君子之国，再加上鲁国的国力薄弱，致使其不敢应战，伸着脖子干咽齐国的凌辱。而齐国恰恰知道鲁国的心态，所以就更加的变本加厉。

项子牛迎头兜上众难民，齐兵拦截住难民，难民们只好停住了。

难民中有一儒者，见此情景，走出人群，手指项子牛说道：你齐国兵将屡次犯我边境，侵扰我民众，践踏我土地，致使我生灵涂炭，土地荒芜，子曰：吾日三省吾身。你大齐君臣难道就不该自省吗？

项子牛听后大怒：大胆刁民，你们到我齐国去偷摸抢盗，作奸犯科，犯我边境，扰我民众，今日拿获，尔等还有何话说？

儒者说：明明是你们犯境侵扰。真是贼喊捉贼！

众难民都气愤地说：对，你是正话反说，贼喊捉贼！

项子牛恼羞成怒说：小老儿休要多言，看剑！

项子牛举剑去杀儒者。儒者疾步进人群躲避，众难民护住。项子牛举剑欲伤众难民。

而此时墨翟和县子硕疾步赶到，当墨子看到项子牛举剑要伤儒者，墨子大喝一声：住手！

说着墨翟反手从背后抽出宝剑迎住了项子牛落下的剑。只听当啷一声，项子牛的剑被墨子的剑削断，手中只拿了一把剑的剑柄。项子牛大惊，他抬眼去看墨子的宝剑，墨子的剑泛着青光，透出一股逼人的寒意。

项子牛说：好剑！

县子硕说：算你有眼力，此乃盖世名剑湛卢是也！

项子牛大惊：湛卢？

县子硕说：对，是湛卢！

项子牛听后倒退两步，他说：据说湛卢宝剑是铸剑大师欧冶子所铸的一把旷世宝剑，此剑久已失传，二十年前重现江湖，据说已落墨社巨子墨翟之手。莫非你——说着他用手指着墨翟说，你、你就是墨子？

墨子点了一下头说：在下正是墨翟！

在一旁的儒者一听救他的是墨翟，有些不相信，就又问了一句：你就是当今大贤墨子啊？失敬，失敬！

难民一听墨翟到了，就纷纷向墨子倾诉心里的悲愤：齐国乃虎狼之兵，常来骚扰我们，我们实在没法活了！说着就用手指着远处冒烟的村落说：先生你看，我们的土地都荒芜了，村庄都成了空村——！

项子牛暗叫一声不好。说起墨翟，那可是当今一大贤人，在诸侯间深受尊重，主张兼爱和非攻。为了天下太平，四处奔波，不辞劳苦，摩顶放钟，抚平纷争。项子牛想今天可真倒霉遇到了他，我得巧与其周旋。就换了一副笑容说：原来是大贤墨子。失敬，失敬。

墨子知道项子牛此时在想什么，他义正词严说：身为大齐将军，追杀手无寸铁的难民，不觉得有失大齐的脸面吗？

项子牛唉的一声说：先生有所不知，这些人都是刁民顽匪，常潜入我齐境，偷盗掠夺，骚扰滋事，你看他们身上的包裹，就是从我处抢掠来的！

几个难民听了就忙把自己身上的包袱放了下来，解开，里面是吃饭的碗和被子，还有一些粮食，根本没有什么抢劫的东西。儒者气得手指项子牛说：你、你、你颠倒黑白，明明是你带兵侵我边境，扰我民众，烧我屋舍，杀我乡民，反而恶人先告状，诬陷我等是匪徒，真是是可忍孰不可忍！

项子牛被儒者说得脸上一会儿红一会儿紫，欲举马鞭抽打儒者：大胆匪徒，看鞭！

墨子用手架住了要落下的马鞭大喝一声：住手！

而此时县子硕也当啷一声把宝剑抽了出来。

墨子说:将军不要猖狂,看情景这些人都是难民,我敢给你保证,他们这些人绝不会是匪徒。

众难民说:先生,我们都是鲁之良民,怎么会是匪徒呢!

项子牛知道理屈,明白此地不宜久留,如若再不走,势必会落个更加难堪的境地。与其这样,不如给墨翟送个顺水人情,就说:看在墨子先生面上,我就放了尔等。墨子先生,咱们后会有期!说完挥鞭打马,说了一声后会有期,匆匆地走了。

(三)

望着项子牛的背影,儒者眼里满是悲愤。既而他长叹一声说:墨子先生,我是子夏先生的门徒,皓首穷经,坐而论道,面对强人,只能束手待毙,惭愧啊惭愧!

子夏是孔子的门人,也是当今的一个大儒。

墨子听说是子夏的门徒,上前施了一礼说:原来是子夏先生的高足,失敬,失敬!

儒者说:如今诸侯争霸,伐乱纷争,生灵涂炭,先生有何救世济民之良策?

墨子看了一眼儒者,在心里为儒者难受,可他看到儒者那双渴求的眼睛,不免为儒者深深地悲哀。墨子说:制止纷争,以防止攻,以不战而止战,以爱而止战,这样,天下才太平也!

儒者听了墨子的话,深深地点了点头说:先生说得对呀,说得对呀!说着,儒者望着身边的难民:我们什么时候才能不流离失所,过上太平日子呀!听了这话,墨子知道,作为普天下的兼爱、非攻的墨社巨子,他也真得好好考虑一下齐国的事了。

第二章 授 剑

（一）

这是一个阳光明媚的日子,在目夷村的墨道学院里,众多的墨家弟子正在上课。墨道学院和儒家的学馆不一样,墨道学院里不光教学生习文,还教他们习武、习技、习农。学院自开业以来,每天都有来报名的,很多穷人家的孩子都愿往这儿送。原来有一些跟着儒家学文的孩子都愿来学院里学技术。

墨子不光教学,闲暇时他还拿起工具打造农具。这一天,墨子正在家里手拿曲尺绘制着防御工具的图样。自从他遇到项子牛无故地骚扰鲁境,他知道,逐渐强大的齐国已渐渐露出要称雄诸侯的霸心。战争已是不可避免的了,只是早一天晚一天的问题。如何避免,那只有早做准备。

墨子明白:诸侯间不兼爱所以狼烟四起,都欲扩张称霸而使黎民涂炭,他虽然东西走南北奔苦口婆心去规劝各个大王,诸大王当面应允,背后该怎么做还是怎么做。墨子明白了一个理:一个国家想太平绝不能靠敌国怜悯,抓防御强国基才是制止入侵的妙法啊!

而在这时,院门被推开了。墨子抬头一看,是自己的徒弟胜绰风尘仆仆地赶来了。

胜绰是墨子除了禽滑厘之外最喜欢的徒弟,人不光长得俊美,而且聪明伶俐,也很会办事,所以有一些事墨子也常吩咐胜绰去做。这次去韩卫两国,墨子本打算带胜绰去的,胜绰因要回鲁国老家去嫁妹,墨子只好带了县子硕去。回来后,墨子越想这事心里越放心不下,战争不定什么时间就要打起,就忙差人去齐国唤胜绰快回墨道学院。

胜绰说:师父,我回来了!

墨子看到胜绰归来,忙放下曲尺,迎出了屋门。

胜绰看到师父迎出了屋外,很是激动。

墨子问:家中之事可处理妥帖?

胜绰说:已处理完毕。接着胜绰告诉师父:他妹胜卿嫁给鲁国一青年匠人。说到这儿,胜绰长叹一声:唉,只因家境贫寒,无以陪送,深感内疚啊!

听胜绰这么说,墨子也感到难受,叹了一声:跟着为师,让你吃苦了。接着墨子又问:家中老母可安顿好?

胜绰说:母亲已随妹居住。胜绰见师父没有说啥,笑了一下说:如今我是无牵无挂之人了。

胜绰见师父不语,知道是自己刚才的那句内疚的话让师父触动了。为了缓解气氛,胜绰就故意给自己找些活干,这时他看到了桌上的图纸。

胜绰看了会儿没有看懂就问:师父,你又在研制什么新的防御器械?

看胜绰在看图纸,墨子忙过去,指着图纸上的一点说:胜绰,你来看——

(二)

而就在此时,两匹快马正行驶在去目夷村的路上。马上端坐着两位青年。青年生得唇红齿白,很是靓丽,明眼人一眼就能看出,这是两个女扮男装的女子。说起来这两位不是别人,其中一位乃是当今齐王的胞妹齐姜公主,而另一位是她的侍女阳珠。今天她们两位来目夷村实际是有重要事情的。

二人来到墨翟的家门前,翻身下马。齐姜公主问:是这个门吗? 阳珠说,错不了。说着上前敲门。

胜绰开了门,见门口站着两位貌美的青年人,眉头不由得皱了起来。

阳珠问:你是哪个?

胜绰见来人没有礼貌,就说:我乃胜绰是也!

阳珠说:你就是胜绰?

胜绰问:你认识在下?

阳珠摇了摇头说:不认识。

齐姜公主见阳珠要戏弄胜绰,便说:休得无理。便上前施了一礼问:请问墨子先生在家吗?

胜绰也还了一礼说:家师在。你是?

齐姜公主说:我乃齐国的学子,今日欲就学问一事请教先生。

胜绰说:那请吧!

齐姜和阳珠把马拴在门口的榆树上,随胜绰进了家门。墨子见进来两个气质不凡的人,忙迎进屋里去,宾主落座。

齐姜说:久闻先生乃当今贤人,今日特来拜访!

墨子说:墨翟一介草民,何德何能,劳你大驾光临?

齐姜说:先生奔波诸侯,以爱劝战,人人景仰。今天下纷乱,群雄逐鹿,何以拯万民于水火? 特来聆听先生高见!

墨子说:当今周室衰微,诸侯割据,诸大王为称霸,实施扩张,各展斗志。南有楚国虎视眈眈,磨刀霍霍,欲灭宋国。西有强秦养精蓄锐,招兵买马,欲使天下一统。可恨的是齐国,多次骚扰鲁境,逼鲁起战,狼子野心,昭然若揭——

听墨子说到这儿,阳珠大喝一声:大胆,胆敢议论齐王,你可知齐王是谁?

胜绰不屑地说:齐王就是齐王,还能是何人?

阳珠说:不、那是我家公子,不、那是我家小姐,不、那是我家公主的王兄!

墨子和胜绰都大吃一惊,墨子说:不知是齐国公主驾临,多有冒犯。敬请恕罪!

齐姜把手一摆说:先生坦言纵谈天下大事,高屋建瓴,独到精辟,何罪之有?

墨子问:公主跋山涉水,千里迢迢,登临寒门,有何见教?

齐姜说:大齐发愤图强,富国强民,现正招贤纳士,王兄求贤若渴,命我前来礼聘先生入齐。

墨子说:齐王曾派太师来邀,可墨翟是山村野人,才疏学浅,实不敢从命!

齐姜说：来时王兄明示，先生若肯入齐，当封为上大夫，另有丰厚赏赐！

墨子断然拒绝：墨翟乃一贱民，无福消受齐王的高官厚赏！

齐姜见墨子不为高官厚禄所迷惑，爱慕之意油然而生。齐姜公主真诚地说：先生言重了，你乃当今大贤，天下景仰，王兄诚心相邀，望先生勿再推辞！

胜绰说：师父，齐王诚心相邀，又派公主前来，你就应了吧！

墨子说：不要多言！多谢齐王错爱，墨翟实难从命！

阳珠听到这儿可有气了，她尖刻地说：哟，我家大王看得起你，我家公主千里迢迢亲来请你，你不看大王面上，就看在我家公主的这份心情上，你也该答应啊！

齐姜公主白了阳珠一眼说：阳珠多嘴！既而说：先生三绝，道德、文章和剑术冠盖天下，齐姜仰慕以久，愿拜先生门下，聆听先生教诲！

墨子忙摆手说：公主千金之体，屈尊墨门，有辱大雅，贱民万万不敢！

阳珠说：我家公主乃当今齐王胞妹，天生丽质，多少王孙贵族趋之若鹜，我家公主连眼皮都不挑一下，拜你为师，是你的造化，真不知好歹！

齐姜公主说：阳珠大胆！这时齐姜公主抬头看到了挂在墙上的剑，问：久闻先生得异人传授宝剑，莫非这就是湛卢？

墨子说：正是。

齐姜公主说：此剑是铸剑大师欧冶子所铸的一把旷世宝剑。铸剑之时，赤堇山破而出锡，若耶溪涸而出铜，雨师为之洒水，雷公为之击橐，蛟龙为之捧炉，天帝为之装炭，太乙为之下观，天精为之下之。欧冶子巧借上天精华，使出毕生绝技，竭尽全力铸造了这把正义之剑。能否让齐姜一开眼界？

墨子不好回答：这——

胜绰说：湛卢乃墨社之宝，从不示人！

阳珠不耐烦了，她说：什么"站炉""站锅"的，叫咱看咱还不看呢！请又请不动，看又不让看，公主，咱们走！

齐姜公主说：齐国随时恭候先生，齐姜告辞，后会有期！

墨子说：墨子恭送！

望着齐姜公主和阳珠的背影,胜绰说:师父,你应该答应公主。

墨子问:为什么?

胜绰说:齐王诚心相邀,又派公主来请,你若到齐国,推行你的学说,扩大墨社的影响,我们也就不用这么清苦了!

墨子说:齐国野心勃勃,欲图霸业,他今日相邀,并非求贤,而是求战。我若去齐,齐王能施行非攻兼爱等主张吗?

胜绰说:可公主真心学艺,你该收她!

墨子说:公主乃金枝玉叶,能像你我吃得下如此辛苦?

胜绰不由点头:师父所思极是!

(三)

阳珠咽不下这口气,她决定要捉弄一下墨翟师徒。于是,她把公主安排到一家客栈,趁公主休息,她脸蒙面纱来到了目夷村。

由于来过一次墨翟的家,阳珠轻车熟路地躲过墨翟师徒。墨翟正在前院给弟子们讲课。阳珠暗暗高兴。她蹑手蹑脚地进了墨翟的正屋。看到墙正中安放的湛卢剑。阳珠脸上不由得泛起笑意。她暗想:墨翟啊墨翟,我家公主想看一看你的宝剑你都不让看,这一次,我给你盗走,我要你为你的小气付出天大的代价!

想到这儿,阳珠听到有往正屋而来的脚步声,她明白,机不可失,失不再来,忙伸手拿剑,谁知,手刚触到湛卢,那湛卢剑却自个升起。接着犬吠之声大作。

门外就听胜绰大喊:不好,有人盗剑!接着胜绰站在了门口。把阳珠堵在了屋里。

这时,墨子和其弟子们都来了,堵在了门外。

阳珠知道,此时,她已别无选择,只有用背上的剑来给自己打开一条血路了!于是她从背后抽出了宝剑,两眼圆瞪着胜绰。

胜绰大声喝道:盗贼,快放下兵器,我饶你一命,不然,你休想活着离开

这里!

阳珠哼哼冷笑两声说:休说大话,还不知鹿死谁手呢!

胜绰一听,说:盗贼,看剑!说完举剑而上,直攻阳珠的下盘。阳珠挺剑相迎,两人战在了一起。两人大战了三十个回合,阳珠渐渐不支,胜绰取剑直奔阳珠咽喉,就听墨翟大喊一声:胜绰手下留情!

胜绰抽剑击腕,阳珠只好扯手丢剑,剑当啷一声掉在地上。趁此当口,胜绰已以迅雷不及掩耳之势用剑尖挑开了阳珠的蒙面纱巾。

胜绰大吃一惊:怎么,是你?

阳珠反唇相讥:不是我还能是谁?

胜绰大声厉问:你家公主指使你来的?

阳珠脸上露出不屑之色:我家公主才不稀罕这破剑呢!

胜绰说:还不服气?

阳珠说:就不服气!

墨子看是阳珠,走了过来,叹了一声,对胜绰说:放她走吧。

胜绰收剑归鞘。后退一步,站在了师父一侧。

阳珠站起了身,甩了甩玉臂,说:哎哟,你可真下得去手。并趁机打了胜绰一粉拳。把胜绰打了一个趔趄! 阳珠打完就哈哈笑着跑开了。

胜绰欲追被墨翟制止住了,说:让她去吧!

可就在这时,就听远处传来喊声:师父,不好了——

(四)

墨翟来到大门外举目向远处望去,就见县子硕背着包袱风尘仆仆跑来。

墨翟忙迎了上去问:县子硕,怎么回事?

县子硕跪地说:师父,大事不好!

墨子扶起县子硕问:楚、宋两国军情如何?

县子硕说:我和禽滑厘师兄一同南下,师兄去宋国帮助守城,我去了楚国耕柱子师弟处。目前,公输班已为楚国造好云梯,不日就要攻打宋国。弟子日夜兼程来告知师父。

墨子长叹一声:唉,我担心的事终于要发生了。

县子硕把身后背着的包袱双手呈给墨翟说:这是耕柱子师弟让我捎给师父的一点心意。他在楚节衣缩食,积攒下黄金十斤,作为我墨社的费用。

墨子双手接过说:难得耕柱子一片孝心,为师我收下了。

墨子说:楚国早想攻宋,如今公输班为楚造出攻城云梯,军情十分危急;可齐国也狼子野心,有灭鲁之意。我不去楚劝止,宋国岌岌可危;我若去楚,可鲁国实在放心不下。

这时高孙子急匆匆地赶来,跪下向墨翟复命说:师父,你临去韩国之前,让我做的事我已办妥。

墨子问:好,所选之人呢?

高孙子说:所选之人都是击剑高手,是我墨社的精英弟子。

墨子说:好,现在情况危急,正是用人之际,这支队伍正好派上用场。

胜绰上前施礼请求说:弟子愿去齐国。

墨子略一沉思,胜绰说:师父,我曾与齐国大将项子牛同门习武情同手足。我带一队墨者去齐投奔于他,可见机行事。

墨子沉思一会儿点了点头说:看来,只好这样了。接着墨子语重心长地告诉胜绰:你去齐一定要牵制项子牛,关键时候制止攻鲁。你此行责任大,谨记墨规和家法,在关键时候牵制齐将项子牛,制止住战争的发生!

胜绰说:请师父放心,我一定牢记师训,不辱使命!

胜绰接着要走,墨子叫住了胜绰,接着墨子从墙上拿下湛卢宝剑。

墨子说:这把湛卢是墨社的圣剑,它能号召天下所有的墨家弟子。为师把它亲授于你。

胜绰双膝跪地:谢师父!

墨子说:持此剑者须扶危济困,不可恃强凌弱,违者家法伺候!胜绰,你是我开山门的大弟子,此去身系鲁安危,一言一行一定要慎之又慎,传你的阵法千万不要轻用,授你的湛卢千万莫要炫耀。最后墨子语重心长地说:胜

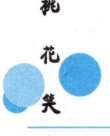

绰,荣辱只是一闪念,存亡也在一瞬间。切记啊切记!

胜绰说:师父,弟子记下了!

墨子举起湛卢剑,说:胜绰拜剑!

胜绰三拜湛卢,然后双手从墨子手中接湛卢剑。

胜绰说:师父,我去也!

墨子说:县子硕,宋国军情十万火急,你也速带一队墨者,去宋国协助师兄禽滑厘守城;我去楚国,劝止楚王!

第三章 失 剑

(一)

胜绰身背湛卢剑急匆匆行驶在去齐国临淄的路上。他披星戴月,晓行夜宿,这一天的黄昏,终于来到了齐国的首都——临淄。接着他又马不停蹄地来到了项子牛的府前。

胜绰上前叩门:门上何人在?

门子把门打开,看了一眼胜绰问:你是何人?

胜绰双手抱拳:烦劳通报项将军,就说是胜绰求见!

门子说:好吧,你稍等,我这就给你通报!

项子牛正在书房里读着兵书。

这时门子来报:将军,有个叫胜绰的人求见!

项子牛一惊问:何人?

门子说:他说他叫胜绰。

项子牛自言自语道:胜绰?我们同师习武,已别多年,从未谋面,听说他已入墨社,今日来见,所为何事?接着他沉吟一会儿,吩咐门子:就说有请!

胜绰被门子领进了客厅。项子牛正在客厅等着。看到胜绰过来忙迎上前去拉住手说:师弟,多年不见,一向可好?

胜绰看着身边的项子牛,脸上露出惊喜之色说:多年不见,师兄已位居齐国大将,可喜可贺!

胜绰看到项府金碧辉煌,里面的摆设琳琅满目,便满眼羡慕。再看到项子牛锦衣华服,一身富贵,比比自己的粗衣敝屣,自惭形秽。

胜绰说:师兄在大齐身居帅位,掌握兵权,建功立业,可是我辈榜样。今来投奔,望师兄成全!

项子牛说:久闻师弟已入墨社,是当世贤人墨子的高足,师兄也为你高兴啊!

这时项子牛看到胜绰身后的宝剑。暗想:这不是削我青锋的湛卢吗?就问:师弟身后所背何剑?

胜绰取下宝剑说:湛卢是也。

项子牛说:这可是一把旷世宝剑,据闻是墨社镇社之宝,是墨子的随身之物啊!

胜绰说:师父已把湛卢亲授于我。

项子牛窃喜,他说:大王正招贤纳才,我把师弟举荐给大王,大王一定会重用于你。

胜绰一听非常高兴说:我今来此,也有此意,望师兄成全!

项子牛说:你今晚先休息一下,咱们明天一早就去朝见大王!

胜绰说:好,还望师兄多多成全!

(二)

齐王正坐在勤政殿里批读着奏文。看着手中的竹简,齐王又望了一眼下面的文臣武将,眼里闪出了一丝狡诈的光芒,接着脸上露出了笑容。望着下面喊着大王万岁的群臣,他哈哈大笑起来。齐王很明白当前的天下大势:周室衰微气数已尽,如今大齐是国富民强。现在是群雄逐鹿,但比肩我大齐的,还几乎没有。如今正好是肩鼎箫应力挽狂澜的好时机,到那时天下归一统,我乃称霸九州,为天下第一人也!

这时,侍官上来报:大王,项将军正在午门外,说有要事要见大王。

齐王一听是项子牛到了,忙说:项将军到了,快快有请!

侍官在殿门外大喊:宣项子牛将军上殿!

项子牛带着胜绰进殿。一进大殿项子牛双膝跪下举手施礼道:参见大王。

胜绰也随着项子牛跪下了说:胜绰见过大王。

齐王问:下面所跪何人?

项子牛说:大王,这是我的师弟,鲁人胜绰。

齐王自语道:胜绰?

项子牛说:大王有所不知,胜绰乃大贤墨子的高足,八年前弃儒投墨,得墨翟真传。今日投奔大王,欲为大齐效力。

齐王一听眉头一皱,他大拍了一下桌子大怒道:墨者周游列国,鼓唇摇舌,搬弄是非,蛊惑人心,你胜绰今日来齐,是何居心?

胜绰施了一礼说:胜绰欲效力于大王,其心之诚,项将军可证!

项子牛忙说:禀大王,胜绰身怀绝技,其阴阳八卦连环阵,得墨子真传,文韬武略,样样精通,乃当今奇才也!

齐王问:此话当真?

项子牛说:小人怎敢给大王撒谎?接着指了一下胜绰的背后说:大王请看,胜绰身后所背的这把宝剑就是湛卢。

齐王问:湛卢?就是那旷世奇宝湛卢?

胜绰说:正是!

齐王一惊,他连忙站起,起身转至胜绰背后。看着这把旷世奇剑,齐王暗道:这就是我朝思暮想的湛卢,求之不得枉费了不少心思,不想今日却送上门来。真是踏破铁鞋无觅处,得来全不费功夫!他暗暗点了一下头,心想,有了!

齐王来到座上坐下。大喝一声:大胆胜绰,你可知罪?

胜绰心里一慌,但面上却非常冷静,他说:听说大王招贤纳才,胜绰诚心来投,何罪之有?

齐王说：你身为鲁人，又是墨子高足，携湛卢来齐，分明是想刺探我军情，谋杀本大王。众武士，给我拿下！

一旁的武士过来把胜绰按住。

项子牛大惊，忙上前说：大王，胜绰乃当今奇才，携湛卢投奔我大齐，其心昭昭，日月可鉴！望大王看在末将的分上，放了胜绰！

齐王沉思了一会儿，然后用鹰眼看了一眼胜绰说：好吧，看在项将军的面上，免你死罪。你说你是墨翟的高足，墨翟乃当今一代奇士声名遐迩，剑术冠绝，无人匹敌。你既挟剑来，这就说明你的剑术得墨先生所授，那你就与项将军在殿前比试，寡人倒要看你的剑术如何？

胜绰听了不由倒吸一口凉气，他抬眼看了一下项子牛，又看了一眼齐王，说：这个——

齐王说：怎么，怕了？难道你们墨者是徒有虚名？说完大笑起来。那笑声很大。大得让胜绰心里激起了斗志。因为那笑里都是轻蔑。

项子牛此时已明白齐王为什么要他和胜绰比试了。他低声对胜绰说：大王之命，不得违抗，你我点到为止。

胜绰说：好吧。那，那师兄我就得罪了！——

（三）

二人就在大殿上比试起来。说起来胜绰的剑技要高项子牛一筹，但今天的比试，胜绰心里第一是紧张，第二是惊魂未定。胜绰在想，齐王如此是何用意？就想自己临来时师父的嘱咐，自己此行来齐，可是肩负重任，大意不得。就在胜绰分神之际，项子牛看准时机，声东击西，虚晃了一剑。因胜绰在刚开始时非常小心，几个回合就摸清了项子牛的套路，知道无论项子牛再怎么折腾，还是跑不出自己的手心的，于是也就低估了项子牛。可项子牛这一剑来得实在阴险，胜绰怎么想也想不出项子牛会出此下策，心里一惊，项子牛反起一剑击中胜绰的手腕，湛卢剑当啷掉在了地上。

胜绰大惊。

而此时项子牛的剑尖已抵在了胜绰的脖上。项子牛奸笑一声:哈哈哈——

胜绰把脖子一梗,说:要杀要剐,悉听尊便,我胜绰要是吭一声,就不是墨家弟子!

此时相子牛又大笑了一声,然后收剑归鞘,弯腰拾起湛卢,双手呈上说:大王,湛卢为本将所获,敬献大王!

齐王接过湛卢,仔细看剑,观其剑:拂扬如华,淬如芙蓉,观其钢,灿灿如列星之行,观其光泽上如水溢溏,观其断严严如琐石,观其才焕焕如冰释。脱口赞道:好剑,好剑啊!

可齐王转念一想,不可啊,不可!我大齐如今是扩张之际,现在正是招兵买马之际,不能因一把剑挫伤了前来投奔人的心气啊,作为君主应该把目光放远,不能因捡芝麻丢西瓜反误了大计。为了一统天下,我何不把操剑人作为我的一把湛卢剑,让他为大齐归一统流血效力。对,我暂把湛卢剑归还于他,笼络他稳住他切勿过急!还有,他本人都是大齐的人了,那剑不也是我大齐的吗?剑到我手,那还不是早晚的事吗?

想到这齐王哈哈大笑说:刚才,我是在故意试探壮士的胆量和剑术,果然是剑技和德行俱佳,不愧是墨子高足。壮士既诚心归附,效力齐国,其志可嘉,孤王把湛卢赐于壮士。

胜绰一时不知该不该接剑,项子牛在身旁忙小声说:还不快谢大王!

胜绰想了想忙上前跪倒说:谢大王赐剑!

齐王:既然有项将军的举荐,又是贤人墨子的高足,我封你为军中副将。协助项子牛操练军马,共谋我齐国一统之大业!

胜绰说:是,谢大王!

齐王看着眼前有些手忙脚乱的胜绰,心里浮起了一丝轻蔑,他的嘴角有一种笑。那笑表现出了一种大度和气势。哈哈哈哈。项子牛接着大笑起来。胜绰也随着笑了。只是,胜绰的笑里有很多的巴结成分——

第四章 辱 剑

（一）

就在齐王封了胜绰为军中副将之后,齐王又对他进行了赏赐,先是在临淄城里给他新盖了宅院,并赏给了宫女两名,给这些封赏的同时,齐王也给了胜绰任务:那就是令胜绰把大齐的军队训练成一支攻无不克战无不胜的雄军霸师。

面对齐王的高官和厚禄,胜绰时刻没有忘记师父的教诲和他来齐的使命,他的使命是来制止齐国攻鲁。可如今,他不光没有制止住齐军攻鲁,反而还跟着项子牛去骚扰鲁境。这令他心里很是矛盾。他是一个穷孩子,他深知贫穷意味着什么,他的所有努力就是想摆脱这种状况。他根子里是想过上锦衣玉食的生活,所以齐王一给他这些他梦中想要的东西,他就紧紧地抓住不放。可师父墨子在他临来的时候,千叮咛万嘱咐要让他设法阻止齐军。可他不光没有阻止,反而跟着军队去骚扰鲁国边境。唉,他所做的一切,师父会不会原谅呢？这是令胜绰很痛苦的事。

正在胜绰在军营的大帐里为自己的所为反思的时候,大帐外传来了急促的马蹄声,马蹄声到了他的大帐前停下了,接着从马上下来了一人,一听那咚咚夯地的脚步声,胜绰知道是项将军来了。

胜绰本来想去迎接,可心里很烦,也就没去迎接。

项子牛满脸兴奋,他一进帐,就高兴地对胜绰说:胜将军,这下可好了,公输班已从楚来齐,正在为我大齐研制新型的进攻战车。有了这些战车,我大齐军队就如虎添翼了。

听到这个信息,胜绰不光没有露出喜悦,脸色反而更加阴郁了。

见胜绰没有说啥,兴致勃勃的项子牛才发现胜绰有些异样,忙关切地问:师弟,你怎么了？

胜绰这时才发现自己有些走神，忙说：没什么？

项子牛问：真的没什么？

胜绰说：真的没什么。

项子牛嘿嘿一笑说：莫非师弟又想鲁国了吗？又想墨社了吧？

胜绰忙摇了摇头说：没有没有！

项子牛说：没有就好。大王有令：命你速演练阴阳八卦连环阵。只等阴阳八卦连环阵演练娴熟，即可进攻鲁国。

胜绰说：这——

项子牛哼了一声：误了大事，师弟，你可吃罪不起！

胜绰说：阴阳八卦连环阵其中最主要的一阵乾阳阵全是我墨社弟子。如今他们已知道大王演练此阵是为攻鲁，都不听号令。

项子牛说：大王知你为此阵殚精竭虑日夜操劳，特赐你黄金百两，侍女两名。

胜绰说：谢大王赏赐！

项子牛说：师弟，大王待你不薄，你可要报这知遇之恩啊！

胜绰唉的叹了一声说：承蒙大王器重，我肝脑涂地无以为报；可是师父对我恩重如山，传我剑术，教我阵法，授我湛卢，目的就是让我消弭战火，维护和平。如今我却背师行事，为齐训练攻鲁兵阵，我将如何面对恩师？说着他用眼望着挂在帐上的宝剑，摇了摇头说：愧对湛卢啊！

项子牛说：师弟多虑了。大丈夫一生不就是活个建功立业，封妻荫子吗？大王能给你荣华富贵，你师父他能给你什么？天天东奔西走，吃粗饭，穿破衣，像个叫花子，你不是枉度一生吗？

胜绰说：这——

项子牛说：师弟，你这是天下本无事，庸人自扰之。与其这样，不如我们齐心协力，辅佐大王完成霸业，到那时，你我都是大齐的功勋之臣。封侯拜相，是何等荣耀啊！

胜绰又看了看剑，下定了决心说：就依师兄所言，我抓紧演练兵阵，绝不误大事!

项子牛说:不愧是我的师弟,关键时当机立断。大王有谕,只要你胜将军在近日把兵阵练好,大王要在祭旗之时拜你为齐军副帅!

胜绰说:我一定抓紧演练,不误战机!

项子牛:好!识时务者为俊杰,这才是我的好师弟!大王一直对你担心,看来这担心是多余的了。我去给大王复命!

(二)

校军场上,胜绰手持湛卢,向众墨者下令:墨社众弟子听令,抓紧演练乾阳阵,不得有误!

下面有人大喊:师兄,不可啊,不可!

胜绰大怒:喧哗者何人?

一卫士告诉他:是他的师弟高孙子。

胜绰说:把喧哗之人高孙子带进帐来!

众军士把喧哗的高孙子押了上来。

来到胜绰面前,高孙子挣开押他的军士说:师兄,齐王命你训练兵阵是为了攻伐鲁国。师父说兼相爱,交相利,非攻是爱之源。你擅用湛卢发号施令,违背师训助纣为虐!望师兄快快收回成命!

胜绰听了举了举剑说:剑在师父在,你要服从!

高孙子把头一梗说:你这是违背墨社家规,就是不从!

胜绰大怒,他把湛卢剑高高举起说:不从令者,家法伺候!

高孙子看着剑慢慢跪下——

此时的胜绰知道要想完成齐王让他训好的兵阵,只有杀一儆百了,不然,他对不起齐王对他的封赐。而眼前的这个高孙子,处处跟他过不去,实在让他在齐王和项将军跟前丢面子,哼,一不做,二不休,他看了看湛卢剑,然后高高地把剑举起——

（三）

就在胜绰把剑举起的时候，就见校场外飞速冲进一人，只见他大喝一声：住手。随着声音的脱口而出，他手中也飞出了一枚石子。那石子像长眼一般，击中了胜绰的手腕，湛卢剑当啷一声掉在了地上。看着疾驶而至的来者，胜绰脸色大变，他啊的一声说：县子硕！

原来县子硕是奉墨子之命前来规劝胜绰悬崖勒马的。

县子硕大喊：胜绰，你住手！他上前扶起跪着的高孙子说：师弟，让你受委屈了！

胜绰低身拾起湛卢，县子硕看着胜绰摇了摇头说：师兄，你这样做，让师父太失望了！

胜绰说：师弟，我做的一切，皆为倡导墨学，扩大其影响，是在做有益于墨社的事啊！

县子硕说：你是在狡辩！我奉师命前来召你速回！

胜绰说：不行，我已答应齐王，替他训练阴阳八卦阵，我不能不守信用！

县子硕说：可你对师父守信用了吗？你对墨社守信用了吗？你对天下守信用了吗？

胜绰说：我练阴阳八卦阵就是对师父和墨社负责，就是为了让人们知道我们墨社的威名。

县子硕说：你这是歪曲墨社精神！

胜绰说：我这是在捍卫！说到这里，胜绰又一次祭起湛卢宝剑说：墨社家规第一条？

县子硕：服从巨子！

胜绰说：剑在师父在。县子硕听令，我命你加入兵阵，带领墨家弟子，加紧演练乾阳阵！

县子硕说：胜绰，你如此执迷不悟，一意孤行，绝不会有好下场！墨社众弟子，咱们走！

众弟子纷纷要跟县子硕走。胜绰一看不好,再次祭剑。

胜绰说:墨社家规,湛卢在此,谁敢违抗?!

县子硕从腰中抽出宝剑说:我冒死违抗,绝不屈从!说者拉着高孙子快步走出。

胜绰祭起湛卢剑要令墨社弟子阻拦。县子硕弹手向胜绰击出一石子,正中胜绰手腕,趁其慌乱之际,县子硕和高孙子及几个墨社弟子快速离去——

第五章 祭 剑

(一)

回至墨社的县子硕听说师父还在宋国没有回来,就又连忙赶到宋国,把胜绰在齐国的所作所为悉数告诉给了刚刚止息了楚王归宋的师父。墨翟和禽滑厘刚刚从城墙上布置完工事过来,听了县子硕的述说,墨子长叹了一声说:我怕的就是胜绰经不起荣华富贵的考验,所以在他走的时候我让他三拜湛卢,并对他再三叮咛,他此去责任重大。没想到啊——这是我用人之误啊!

县子硕双膝跪地说:师父,弟子冒犯湛卢,请求治罪!

墨子深思一下说:湛卢乃我墨社圣剑,见之如见为师,你抗之,不是你之错,乃是持剑之人之过。为师不怪罪与你。

县子硕说:弟子谢师父!

墨子说:我听说我的师兄公输班自从在楚国被我斗败之后现在又去了齐国?

县子硕说:是,师父。公输班又研制出了一种威力无比的战车,现在齐国正加紧打造。只等着胜绰师兄的阴阳八卦阵训练娴熟就可进攻鲁国。

墨子说:不好,如此说来,鲁国岌岌可危。禽滑厘,你带着墨社弟子在此

协助宋国军民防护城池。我带着县子硕和高孙子去齐国,一定要赶在胜绰把阴阳八卦阵练好之前制止这场战争!

禽滑厘说:师父,你劳累了一天,歇一歇,明天再早走也不迟。

墨子说,不,我们现在就动身。早去一会儿我们就早占一会儿的先机,早去一会儿我们就能多创造一些时间,就多有一些把握。

禽滑厘问:师父还要带什么吗? 墨子说:你给我多准备一些干粮就是了。

(二)

就在墨子动身的时候,在齐国军营里正在研制战车的公输班猛想起了一件事。他忙差军士把项子牛叫到了自己的营房中,然后交代了项子牛一件事。

项子牛回到府上,忙把杀手无名唤到了跟前。项子牛问:无名英雄,本将待你怎样?

无名说:我自从被将军收留,几十年来,将军待我天高地厚。

项子牛说:我现有一事,需要英雄出面。

无名说:将军不要客气,就是让我肝脑涂地,我也无话可说。

项子牛说:好,我要的就是你这句话。我今天唤你来就是让你给我去做一件事。

无名说:什么事?

项子牛说:给我去杀一个人?

无名说:谁?

项子牛说:是一个该死之人,他的名字就叫——

无名好像没有听清,又问了一句:谁?

项子牛说:——

无名看了看项子牛说:好吧——

(三)

在宋国至齐国的路上,墨子和县子硕师徒在急匆匆地走着。由于行程匆匆,墨子的草鞋的底早磨掉了,脚上流出了血,他蹲下,从衣襟上撕下一块布,缠住脚,又继续赶路。这一日,他们出了宋国,进了邹国边界。前边是一座山,名叫龙山。

在一山口处,有一人挡住了去路。

此人头戴斗笠,手握一把宝剑,他从怀里掏出一张画图。然后把画图对照了一下墨翟,问:你就是墨社的巨子墨翟?

墨子说:正是。你是何人?

无名说:你我都是人世的过客,何必要名呢?

墨子说:我知道你是谁了,你是无名!

无名说:对,我是一个杀手!

墨子说:闻名天下的杀手无名已有三十多年没涉足江湖了,今天我墨翟能遇上,这是我的福了!

无名说:你说的这话怎么这样熟悉? 你,你怎么和鬼谷阴阳子的声调这么相像?

墨子说:那是我师父。

无名说:我知道为什么了。

墨子说:既然这样,那你动手吧!

无名说:好。那我就得罪了。说完抽剑欺身而上——

(四)

就在无名欺剑刺向墨翟的时候,齐王正来到了胜绰的大营。齐王带着文武大臣,是来观看胜绰的八卦阴阳阵的。

在县子硕走后的这段时间里,为了练好此阵,胜绰可是费尽了心思,对众墨家弟子,他可谓恩吓并施,为杀鸡儆猴,他曾处置了两个墨社弟子。终

将此阵练成。齐王坐在观阵台上,看着下面杀气腾腾的阵势,此阵看似平常,内里却是变化多端,凶险异常。看是阳光明媚,实是阴云密布。明明是大开的局势,瞬息之间形成合围,变成大合。乾、坤、离、艮等八个方位一动而八变,变换出千万种阵势。齐王看得倒吸了一口凉气。他想,作为大王的他,如若杀进此阵,也是断断出不来的。看着这杀气腾腾的阵势,齐王脸上的笑渐渐丰满起来,生动起来,接着便哈哈大笑。齐王得笑很洪亮,也很得意。所有跟着的文武大臣们听到大王这么笑,都偷眼看了一下齐王。把悬在嗓子眼的心都放到了肚子里,他们知道,只要大王脸上带笑,他们的这一天就会过得安稳。否者,他们的这一天就会过得心惊肉跳。

看着大王笑,他们也都跟着笑了起来。

随着鸣金锣鼓的敲响,阴阳八卦阵演练完毕。齐王大叫了三声好、好、好!紧接着,是演练公输班先生的新型战车。

新型战车在原来战车的基础上又增加了升降云梯,里面的人只要绞动转轴,云梯会自动升降,再加上外面都用铁板包严,任何箭镞都射不穿它。一个战车里面能装人十多个。杀出来就是一个优秀的小分队。战车的进攻和防守都进退自如,如鱼得水般的鲜活和得意。看着战车在战场上左击右冲,简直是狼入羊群,如入无人之境。齐王看到此处哈哈大笑,他知道:有胜绰给他训练出的雄师,再加上公输班给他研制出的新战车,这一次灭鲁国已如探囊取物。想到这,他的笑声不由得更加响亮:哈哈哈——

还没等战车演练完毕,齐王就对着下面说:众位卿家听封。——

(五)

就在齐王犒封胜绰和公输班的时候,无名和墨翟已战到了关键时候。两人大战了三百多个回合,没有决出胜负。无名使的是一把剑,而墨翟使的是县子硕的弯月刀。三百个回合之后,墨翟越战越勇。无名却明显地处在了劣势。就在无名一剑刺来之际,墨翟故意露出了一个破绽,把前胸亮出,无名一看大喜,忙把剑欺进,向前送去。谁想墨翟一个苍龙转身,侧身躲过剑锋,弯月刀已如一条蛇一样搭在了无名的颈上。无名大叫一声:我命休矣!接着就闭上了眼——

等无名再睁开眼时,他发现墨翟已把刀从他脖子上放了下来。无名满脸的疑惑问:你——?

墨翟摇了摇头说:你走吧。

无名说:为何?

墨翟说:什么也不为。因为,我不愿杀人!我不愿让我的刀剑沾上血腥!

无名说:这不是理由!

墨翟说:你我无冤无仇,我杀你何乐?

无名说:可我是要来杀你的!

墨翟淡然一笑说:我墨社提倡兼爱、非攻。我若杀你,有违我墨社宗旨。

无名说:作为杀手,我自从出道以来,共失过两次手,一次是你师父,一次是你。唉,看来你师徒是我无名今生的克星。

墨翟说:有道之诛,正义在心,威在自身。你本是无道伐有道,你怎会赢?

无名说:杀手的选择就是不是被杀就是杀人。我既然败在你手,我还有何面目活在尘世?说着举剑就要自刎。

墨翟伸手捏住剑锋说:你既然敢自刎,这说明你是一个真正的剑客,我有一句话想说给你,你听完之后再自刎也不迟!

无名放下剑说:你说吧。

墨翟说:我知道你是一个有良知的人,与其把自己的命就这样无缘无故地葬送,何不去为正义做一番轰轰烈烈的事!

无名问:此话怎讲?

墨翟说:前段时日,楚国要攻打宋国,被我劝止住了。楚王对我保证说他不再攻打宋国了。诸侯中谁人不知楚王是出尔反尔之人。如今,我的大弟子禽滑厘正带着宋国军民在严阵以待。此时宋国正是用人之际,你如此时去助他们一把,定能鼓舞宋国士气,留下千古侠名。

无名说:先生说得极是。好,反正都是死,我何不死得其所,与后人留下

一世英名！好，我听先生的。我这就去！说完就转身向着宋国而去。

望着无名的背影，墨翟说：识时务者乃俊杰也。无名不愧是当今之侠士也！

县子硕说：先生，咱们快点赶路吧！

墨翟说：好，咱们走！——

师徒俩匆匆地往前疾行。不一会儿，两人来到了一片树林前。两人走了进去。这时，树林里传来一阵女子啼哭的声音，师徒两对视一眼。仔细听了一下，县子硕说：先生，不好，听女子这么伤心，看样是要轻生。走，咱们快过去看看！

墨子说：好！师徒两人忙快步向树林中奔去——

（六）

齐王说：公输先生听封！

一个头发灰白的老人忙上前跪下说：公输参见大王。

齐王说：卿家公输先生为大齐制造战车有功，孤封你为上大夫，赏黄金百斤！

公输班磕了一个头说：小民公输班叩谢大王！

齐王说：胜绰听封！

胜绰忙上前跪拜。

齐王说：封胜绰为三军副帅。

胜绰：谢大王！

齐王挥了一下令旗说：项子牛、胜绰听令，命你二人统雄兵十万，明日辰时祭旗，巳时兵发鲁国！

项子牛上前接过令旗，回身和胜绰向齐王一抱拳说：领旨！

齐王看着下面的文武官员，他的眼前仿佛出现了鲁国归附齐国的场面，不禁哈哈大笑起来——

（七）

送走了齐王回到大帐的胜绰满心的欢喜,他想着齐王观看他演练兵阵的情景,他回想着齐王笑声的爽朗,心里不由得暗暗得意。胜绰想:这次演练八卦阵赢得了大王赞颂,打攻鲁国我定能立下奇功,到大王霸业成天下归一时,我胜绰也像如今的项将军一样掌握兵权位高权重!到那时,谁敢再对我指三说四?

这时一军校来报:将军,帐外有人求见。

胜绰说:报上名来。

军校说:他们二人说你一见便知。

胜绰一愣像想起什么似的问:什么长相?

军校说:来者一老一青,年长者满脸黧黑,衣衫褴褛,像个叫花子。

胜绰听后大吃一惊:是师父!

这时墨子和县子硕已经来到了帐上。

胜绰看到师父到了忙施礼:师父,弟子有礼了!

墨子怒气冲冲,他责问胜绰为何置师命于不顾一意孤行为虎作伥?胜绰知道自己的所做所行已被师父熟知,便巧言狡辩。说师父不要偏听偏信一些道听途说,并说他所杀之人皆是不良之徒。

墨子说:好一个都是不良之徒,好一个都是盗匪和凶顽!

墨子看胜绰是不见棺材不掉泪,便长叹一声说:我在路上救了一民妇,就是你所说的不良之徒,特带来见你。说着命县子硕把民妇领进。这民妇就是他们在来的树林里救下的那个啼哭的女子。

胜绰一看进帐的民妇,他惊诧得把两只眼睛睁得溜圆:妹妹?!

这个民妇不是别人,就是胜绰的妹妹——胜卿。

胜卿也不相信自己的眼睛:真的是哥哥?!

胜绰说:真的是哥哥。是你的哥哥胜绰啊!

胜卿听说是哥哥,她哈哈大笑两声,接着圆睁双目,扬手狠狠打了胜绰

一巴掌。

胜绰被打愣了,问:妹妹,你,你为何打我?

胜卿说:你知道妹妹我的遭遇吗?胜卿接着说起齐兵如何在鲁地烧杀抢掠的事,并说丈夫被齐兵杀死,自己被齐军轮番凌辱,母亲为保护她也被齐军杀死,自己本欲一根绳子吊死,多亏墨子师徒相救,才能和你相见。可万万想不到啊!这一切的罪魁祸首就是哥哥你啊!

胜卿说:我本不信是你所为,可方才在帐外我听得清清楚楚。而这一切真的是你,真的是你!我的哥哥!

胜绰此时不知如何跟妹妹解释,但看到妹妹那伤心欲绝的样子,想请妹妹原谅。忙说:妹妹,你,你听我说——

面对胜绰的乞求,胜卿摇了摇头说:我不是你的妹妹,我没有你这样的哥哥!

胜绰哭了,他对着胜卿叫:妹妹——

胜卿对着家的方向哭道:娘亲,夫君,你们等等我,我随你们去了!——说完哭着一头向帐内的火盆上撞去——

胜绰被妹妹的这一举动吓呆了,他忙上前抱起倒在血泊中的妹妹。胜卿看着他,用微弱的声音叫了一声:哥——哥——

叫完这一声,胜绰就见妹妹眼里的光像没油的灯捻一样,一下子就灭掉了。

抱着妹妹胜卿,胜绰放声痛哭。这汩汩不尽的泪水流淌着胜绰的追悔和难过。此时才明白,自己一失足已成千古恨,自己已成了千古罪人。不光是杀害妹妹的凶手,也是杀了妹夫和娘亲的凶手。想到这,胜绰泪雨纷飞,他大声地叫着:妹妹,妹妹,你为什么要这样呢,你为什么要这样呢——

此时县子硕在一旁早就气炸了胆,他大声责骂:你,你,你这个墨家败类,还有何脸面苟活于世?

墨子说:胜绰,你不遵师训,违背墨规,酿成大错,使墨社蒙受耻辱,败坏了我墨家声誉,为了严肃墨家家规,你已被逐出师门,把湛卢交回吧!

县子硕厉声喝道:快把宝剑交回!

胜绰放下妹妹,回身拿起湛卢剑,他用颤抖的手抚摩着,悔恨交加,面对墨子,扑通跪倒,叫了声师父——

他对着墨子三次跪拜,说:师父,弟子谢罪了!说完以迅雷不及掩耳之势,抽出湛卢剑向项间刎去——墨子欲止,但已迟了。一股热血已从胜绰的脖子里流了出来——

胜绰说:娘,儿给你赔罪来了!

墨子一惊,脸上的泪止不住地流了出来,他呜咽着叫道:胜绰——

而此时的胜绰已倒在了血泊中。

第六章 斗 剑

(一)

而此时在齐国公输班的寓所,巧匠公输班正在想自己的这大半生。他本是鲁国的一旷世奇匠,论才智他比墨翟要高上一筹。可墨翟处处与他作对,致使他处处失意。年少的时候,他和墨翟在鲁国比放木鸢而失败,遭到了鲁国人的嘲笑。后来他好不容易给楚国研制了云梯,楚王已经决定要攻打宋国了,却被墨翟巧言劝阻了,让他借以此机会扬眉吐气扬名天下的计划落空;如今他来到齐国,又给齐国研制了新型的攻击型战车,并得到了齐王的称赏。而这一次齐攻鲁是落地尘埃,拜祭过大旗就发兵无人敢更改,墨翟你再奔跑也无济于事,想到战火燃起硝烟弥漫时墨翟的失魄之相,公输班不由得开怀大笑。他自言自语道,墨翟啊墨翟,这一次,我倒要和你墨翟做一最后的比试,看一看到底谁高谁矮!

而在此时,墨翟的手指已扣响了公输班先生的门环——

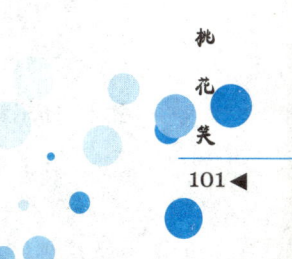

（二）

墨翟没想到胜绰会以死谢罪。但对胜绰来说,没有比这个结局更适合他了。看着倒在地上的胜绰,墨翟的泪止不住汩汩地流了出来。对胜绰,他是寄予了太多的期望。但他没想到,胜绰被齐王的一点恩惠就收买了。墨翟感到了彻骨的寒心。孩子们,你们不知道,你们既然入了墨门,你们就要以天下苍生的和平与幸福为己任,心要为他们想,力要为他们出,要让他们过祥和的日子啊!

胜绰虽死了,但还是阻挡不了齐国攻打鲁国,现在唯一的办法就是去劝止公输班。只要他能以天下黎民为重,离开齐国,不给齐王出力,齐王对这场战争没有多大的胜算,这场战争也许能避免。可我前段时间刚在楚国跟公输先生斗了一次,使其新造的云梯没能使用,并让他输得一塌糊涂,先生正对我有着满腹的怨恨,如今我再去劝他离开齐国,让他放弃已经到手的功名,他会愿意吗?

不管愿意还是不愿意,一定得去。这是做最后的一搏!墨翟知道,公输先生为鲁国能工巧匠,和父亲在匠作营里同甘共苦过,小时候,墨翟常随父亲去匠作营,公输先生曾经指点他拉锯断木,还给他雕木剑鼓励他仗义除恶。说起来,先生的心地和德行都是不错的。墨子虽然对他的这次去没有百分之百的把握,但他明白,只要有百分之一的希望他就要尽百分之百的努力!他叫上县子硕,在墨社弟子的引领下来到了公输先生的寓所。

（三）

当公输班听门子说墨翟来了。他哈哈大笑两声:哼,果然不出我所料。我今天倒要看看你墨翟用什么方式来劝服我。好,有请!

墨子进房深施一礼:墨翟拜见公输先生!

公输班看墨子在自己跟前弯下了腰,就故意把头昂得高高的说:我料你会来,你果然就来了!我问你,你是如何从无名手下逃生的?

墨子说,我明白了。墨子叹了一声说:我一直知道先生是坦荡之人,没想到先生也学会了下流的手段,说实在的,我高估先生了!

公输班被墨子的这一句说得理亏,忙解释说:这个事我也是无意中知道。

墨子不想在这个事上过多地纠缠,只是说:无名乃侠义之士,如今已拨雾见日,去宋国帮我的弟子禽滑厘守卫去了。他的侠义之举,是在为自己的千秋写史啊!

公输班说:那你这么说,无名为齐的卖力都是不正义的了?那谁是正义的,难道是你墨翟吗?你来劝我就是正义的吗?

墨子见公输先生这么说,知道自己无须再与其饶舌,就开门见山直奔主题说:公输先生既知我来意,那我就不客套了。请先生为鲁国民众着想,止息这场战火!

公输班哼了一声说:我为鲁国着想,谁为我着想?想当年我和你木鸢喜鹊之斗,受尽鲁人耻笑。一气之下,我离开鲁国,四处飘零,备尝艰辛,后流落到楚国,帮楚制造了云梯,又是你搅了我的计划,使我蒙羞。离楚来齐,承蒙齐王收留。我为报仇雪耻,绞尽脑汁,煞费苦心研制了这攻鲁的战车。这战车暗藏机关,威力无比。此时非彼时,这一次,我定要让你墨翟丢尽脸面,失败而归!说到这儿,他得意地笑起来:嘿嘿——

墨子说:墨子恳请先生以和为贵,不要为报私仇泄私愤,让两国生灵涂炭!

你来劝我,是因为齐要攻鲁。只要战火燃起,你墨翟就会丢尽颜面!说到这儿,公输班大笑起来,哈哈哈——

墨子苦笑一下说:我乃贱民,面值几何?先生,你也是鲁国人啊!

我知道自己是鲁国人,但鲁国拒我于千里之外,对我不仁,说到这儿,公输班嘿了一声说:就别怪我不义了!

墨子说:战火燃起,横尸遍野,血流成河,其状也惨,其情也哀,先生,难道你无动于衷吗?

公输班哼了一声,没有言语——

墨子叹了一声说:先生,你还记得小时候送我的木剑吗?

公输班说:当然记得!

墨子问:你还记得送剑时说的话吗?

公输班不屑地看了墨子一眼,然后把脸转向了一边说:早已忘怀!

墨子说:可我却铭记于心。你叫我仗义除恶!

公输班说:这——对,我是这么说过!

墨子问:先生,杀人盈城,杀人盈野,难道这就是义吗?

公输班没想到墨子这么问他,一时语塞:这——

墨子说:止息这场战火吧,先生,墨翟给你作揖了!

公输班哼哼了两声:你揖值几何?能抵消我胸中的积怨吗?

墨子说:只要先生能消心中积怨,墨翟愿受先生处置!

公输班问:怎样处置?

墨子说:我命交你,任凭发落!

公输班说:我义不杀人!

墨子说:你义不杀一人,而攻鲁却要杀千千万万人啊!

公输班说:这个——

墨子说:先生,墨翟求你了!

公输班:你也有求我的时候?你真的任我处置?

墨子说:只要先生能消解积怨,不燃战火,墨翟甘愿受先生处置!

公输班冷笑几声:你是当今大贤人,名扬天下。甘愿受我处置?甘愿受我处置?!

墨子说:是,我甘愿受先生处置!

公输班顿时气壮起来,冷笑两声说:甘愿受我处置?甘愿受我处置?!那好,那你给我跪下!

墨子跪下了说:墨翟跪求先生了!

公输班故意把脸仰得高高的,大声说:面前所跪何人?

墨子抱着揖说:在下墨翟。

公输班问:你就是当今名扬天下的大贤墨子?

墨子说:正是墨翟。

公输班问:你跪我面前做甚?

墨子说:跪求先生止息战火,拯救苍生黎民!

公输班把声音拉得长长的说:那我胸中的怨气呢?

墨子说:墨翟心甘情愿听先生处置!

好!那你从我这里手指胯下钻过去吧!公输班说着用手指了指自己的胯下——

(四)

墨子看着公输班那趾高气扬的神情,心里的火腾地燃起了。但他马上明白了自己的使命。转念一想:自己的荣辱算什么,只要他一己之辱能换来天下太平万人福,换来齐不攻鲁,他墨翟甘愿受胯下之辱!

墨子长叹了一声说:唉!只要先生能消除积怨,不把一己之愤泄于万民之身,墨翟愿钻进钻出。

公输班叉开双腿说:好,钻呀,你钻!说着哈哈狂笑起来。

墨子无语,他弯下身子,慢慢地从公输班的胯下钻过。

公输班看墨子钻过,忙说:再钻。再钻啊!哈哈哈——

墨子又低着头慢慢地钻过。

公输班说:钻,钻——

墨子又像前两次一样慢慢地钻过。这个时候公输班脸上的笑容僵住了,他的心里涌起了惊涛骇浪。看墨翟还要钻,他良心发现了,眼角就有水雾往外飘。他用哆嗦的双手握住墨子的手,扑通跪倒,眼里的泪止不住地流了出来。

公输班说:墨翟!墨子!子墨子!你、你、你真不愧为一代大贤啊!

公输班说:为息战火你甘愿受辱,以前我一直认为我比你高明,今天和你一比,我知道了小与大,知道了什么是美什么是丑,什么是圣人和凡人,什么是高远和宽厚啊!

墨子和公输班两人相互搀扶站起。公输班说:和你比我知道我输在什么地方了。

墨子说:先生,你没有输!

公输班长叹一声说:你是在安慰我。我真的输了。只是这次,我输得心服口服!

墨子说:先生乃当今能工巧匠,所发明的锯、刨等工具为万民造福,天下谁人不念先生之功德!若先生长此以往,定能成为一代宗师,受后人的敬拜!

公输班说:和你比,你是当今的大贤,千古的圣人,而我,只是一个匠人啊!惭愧,惭愧!

墨子说:先生言重了!

公输班说:兵阵已经练好,即使没有战车,齐王还是要去攻打鲁国啊!

墨子说:胜绰违反墨社家规,已自刎谢罪!

公输班听了一惊,墨子说:我已命县子硕带领着墨社的弟子去鲁国帮助守城!

公输班长出了一口气说:可齐王攻鲁之心不死啊!

墨子说:我即刻面见齐王,说服于他!

公输班说:既然如此,我公输班就先行告退了。

墨子一惊,问:先生意欲何方?

公输班摇了摇头说:我已无心于功名富贵,只想以己之长,为民多制造一些生产生活之器械,老死民间,此愿足矣!说着收拾了一下自己的东西,然后向墨子告别:你多保重!告辞!

墨子把公输班送出寓所,一直把他送到十里长亭。望着公输班挥手而去的背影,墨子大声说:先生,走好!

晚风中,阵阵的林涛回荡着墨子的声音:先生,走好!——

第七章 化 剑

（一）

齐国王宫巍峨地耸立在临淄的城中。这是早朝,齐王早早来到了殿上。殿柱前左右方各有一大盆炉火,火光熊熊,烘烤得大殿上暖融融的。

踌躇满志的齐王控制不住自己的高兴,想到不久之后自己将把鲁国纳入大齐的版图,那份喜悦早已如溢出池沿的泉水。齐王知道,今日里他将祭大旗对鲁发兵。只要灭了鲁,那天下就是他大齐的了!

他用狮目横扫了一下殿上的群臣说:传本王口谕,今日辰时祭旗,巳时发兵!

殿前传令侍臣刚把此令传出。文武大臣们交耳讨论。大殿上一时喧哗起来。

就在这时一个侍臣快步上殿禀报:大王,墨翟先生求见。

齐王听了一惊,问:是不是墨社的巨子墨翟?

侍臣说正是。齐王暗想,以前我曾让太师多次相请,后又让御妹齐姜亲往相邀,均不肯来齐,今日不请自到,定有来由。就把手一挥说:有请!

侍臣向着午门外喊道:有请子墨子!

（二）

满殿的文武大臣都把头转向了大殿门口,大殿上静得落根针都能听见。就见一个瘦削的高个男子快步走了上来。此人满脸黧黑,看年龄有六十多岁,但看其矫健的步伐,抖擞的精神,也不过五十岁。身上的衣服又旧又破,俨然像个叫花子。

墨子施了一揖说:草民墨翟拜见大王!

齐王看此人虽然身上衣服破旧,但举止不凡,况且他知道,墨子是天下

诸侯称道的先生,一生以兼爱为己任,仰慕之心油然而起,说:先生免礼,给先生赐座!

墨子说:谢大王赐座!

齐王问:先生来齐,何以教我?

墨子说:我来助大王攻鲁!

齐王很诧异,问:先生主张非攻兼爱,今天怎么要助我攻打鲁国呢?

墨子说:大王明知:天下战争分伐、诛两种。伐是攻打,乃不义之战,受人唾之;诛是讨剿,师出有名,是正义之战。大王既知道这场有失天下民心的攻打是不义之战,为什么还要攻鲁呢?

齐王被墨子一下子问住了:这个——

墨子起身施礼,说:在下恳请大王罢兵,以利两国百姓休养生息!

齐王知道墨子来此的目的了,他强词夺理,狡辩道:鲁国屡犯我边境,侵略我领地,狼子野心,昭然若揭。打击侵略,维护我大齐尊严,师出有名,何为不义?

墨子哈哈一笑说:狼欲吃羊,就说羊饮水把水弄脏了,非吃了不解其愤。齐攻鲁,如出一辙,大王欲加之罪,何患无辞!

齐王不悦,哼了一声,说:自古道:弱肉强食,胜者为王。

墨子说:如果国与国之间的争端只能用战争来解决,那将是我们的悲剧啊!

齐王问:不用争伐来解决,那用何法?请先生明示!

墨子说:用爱!兼爱,就是爱别人,爱天下人。国家也一样啊!作为君王,更要兼爱,爱天下,爱天下人啊!

齐王哈哈大笑:先生太天真了!

墨子从背后抽出湛卢,问:大王可识此剑?

齐王说:这就是有名的湛卢剑。

墨子没有说是也没有说不是,只是接着说:大王,用人头来试这把剑的锋芒,一下子就能把头颅斩下,剑刃可谓锋利吧?

齐王说:锋利!

墨子说:用它来斩断很多人的头颅,算是锋利吧?

齐王说:那简直是锐不可当!

墨子把话锋一转:虽说是锐不可当,谁将遭受不祥和天谴呢?

齐王说:剑刃因锋利而受人夸赞,可操剑之人将会遭受不祥和天谴!

墨子点了点头说:大王言之有理。兼并他国土地,消灭他国军队,残害他国百姓,有如操剑试锋,谁将遭受不祥和天谴呢?

齐王一下子语塞了,但当着满朝文武又不好不说:这个——寡人将遭受不祥和天谴!

齐王猛然明白自己已中了墨子话语的圈套,心中不免有些懊恼,但当着满殿的大臣,他又不好发作,只是强硬地说:公输班已为我造好攻斗的战车,令徒胜绰也为我训练好了攻伐的兵阵,寡人为了报仇雪耻,已如箭在弦上。明日就要祭旗发兵,先生其奈我何?!

这个时候项子牛慌慌张张地跑上殿来,倒头便拜说:禀大王,大事不好,胜绰已自刎身亡!

齐王听了一惊,啊了一声。

墨子说:胜绰违背墨社家规,已自裁谢罪!

齐王大惊说:你说什么?

项子牛这才注意身边坐着的老者,自己不免倒吸了一口凉气,既而又说:大王,如今军营里不见一名墨者,演练兵阵的墨家弟子全部走空!

齐王惊得从座上站起,说:你说什么?

就在这时,一侍臣上禀:禀大王,公输先生留下一封书信,已不辞而别。

齐王惊得坐在了榻上,他说:什么?什么?公输班先生也走了?

墨子说:是的,走了,公输先生已大彻大悟,将隐退民间。

齐王这时猛然明白了今天墨子来见他的目的,他勃然大怒:啊呀!胜绰被你逼死,公输班又被你逼走,你断我左膀右臂,可恼,可恨!来啊,把墨翟给我拿下!

（三）

而此时项子牛拔剑示向墨子，逼向墨子。墨子面对项子牛闪着寒光的利剑，哈哈大笑了两声。

项子牛说：大王，我大齐万事俱备，攻鲁已如探囊取物，稳操胜券。却被这贱民墨翟所毁。请大王下令，诛杀墨翟！

墨子说：我既来齐，就早已把生死置之度外。你认为杀了我，就能赢得天下的归附吗？你们错了！

齐王问：那又如何？

墨子说：齐攻鲁乃不义之战，只会更加引起诸国的戒备和仇视，必将会受到谴责和指控。战火一燃起，齐国百姓定会加重负担，举国上下将会怨声载道，民不聊生。大王在百姓之间自然会声名狼藉，受人耻笑！

项子牛在一旁说：大王，别被墨翟妖言所惑，让我把墨翟杀了祭旗！说着抽出宝剑就要向墨子刺去。

就在这时，就听一声大喝，是一个女子的声音：住手！

齐姜公主飞步而上，挡在了项子牛的剑前。项子牛无奈，只好收起宝剑。

齐姜面对齐王说：墨子金玉良言，王兄三思。

齐王见妹妹这样护着墨子，心中有些不悦，说：这个——

齐姜知道哥哥是一个晓大理的君王，明白什么为重什么为轻，就说：我多次规劝王兄别起攻伐之心，可王兄听信项子牛之谗言，窥伺鲁国，多次骚扰，企图挑起战端，如今胜绰自裁，公输班归隐，王兄不要怀恨在心、迁怒墨子，你应该感谢墨子才是！

齐王被王妹说得一头雾水，问：我该感谢墨子？！

齐姜说：墨子不光为齐消弭了一场战争，又为王兄你赢得了天下的民心，王兄，你不该感谢他吗？

齐王这才明白王妹话里的意思——

项子牛在一旁看不下去了，他说：公主，你怎么替别人说话，不为我大齐着想呢?

齐姜呵斥住项子牛:大胆项子牛,你屡进谗言,骚扰鲁地,陷大王于不义。你可知罪?

项子牛一听公主这么说自己,忙说:大王明鉴啊!

齐姜说:项子牛乃不义之辈,祸国殃民,留他何用?请王兄圣裁!

齐王犹豫不决,说:这——

项子牛在齐王跟前磕头如捣蒜,说:大王饶命,大王饶命——

齐姜公主说:王兄,此等祸国之臣,留他只会给我大齐埋下祸根,到那时,你可悔之晚矣!——

齐王把眉头皱起了:这——他看了看殿下的大臣。可殿下的反战派、对项子牛早就一肚子怨气的大臣趁机大说项子牛的劣迹,陈述项子牛飞扬跋扈的事实。

这就叫墙倒众人推,项子牛一看不妙,大喊:大王——

齐姜公主说:王兄,当断不断,必有后乱。

这时众大臣也随声附和,有几位老臣趁机参奏项子牛的本,并说项子牛是祸国之臣。不可弥留,否则,是大齐不幸!

齐王本不想杀项子牛,因为讨伐鲁国,实现他的一统大业还要依靠项大将军,但此时如若不治罪项子牛,他不好给王妹和满朝大臣一个交代,因为,众怒难犯。再说了,他齐王的先祖田和原是姜尚的家臣,后推翻主子而做了大齐的大王,周天子本是不承认大齐为田姓的。后来历经磨难,周天子才勉强承认他为大齐的大王。再说,齐国的大臣本就对他田家当大齐的大王有异议,如若和众大臣把关系弄僵,不利的还是他齐王。他唉的叹了口气,明白此时只有丢车保帅了,就把手一挥。说,押下吧!

(四)

齐姜看项子牛被押下,面向墨子,施了一礼,说:王兄他欲成就一番事业,做一代明君,请先生赐教!

齐王也离座施礼说:请先生示之!

墨子说:万事莫贵于义。兴天下之利,除天下之害。

齐王施礼说:请先生明示!

墨子说:兼相爱,交相利。

齐王不解:兼相爱,交相利?

墨子看着满殿面有不解之色的群臣,解释道:齐国地大物博,人杰地灵,大王只要消弭战争,施爱于民,百姓自会勤于农事,物阜年丰。国家自会富强繁荣。百姓自会拥戴大王,大王何愁民心不得?大王若想真的称霸于诸侯,就应当施爱各国,和各国和睦相亲,自会受到各国的尊重,小国自来归附,大国都将以能和齐国结盟为幸事。到那时,大王不费一兵一卒,就称雄于诸侯,就能得天下民心。且大王以德治国,以爱结盟,必会受到天下人和子孙万代的称颂!

齐姜听着不住地点头,说:先生至理名言字字珠玑,实乃安帮治国之良策。以爱结盟,以德治国,不愧为墨学之精髓,王兄,你以为呢?

齐王也点了点头说:先生言之有理。齐王虽然这么说,但心里对刚才押下项子牛的事还有一些心疼,当他看到墨子身后的湛卢宝剑,心里有一些疙瘩,便想,你墨子说不要战争,可你却背着湛卢,你难道不知这是兵器吗?便有心想讽刺一下墨子,说:子曰:兵者,乃凶器也!先生口口声声说兼爱,讲非攻,可身上背着这把湛卢宝剑?寡人实在想不通!

齐姜不知王兄为何这么说,她解释说:湛卢是一把宝剑啊!

墨子知道齐王为何这么说,齐王的那点心思他一眼就看出来了。墨子抽出湛卢看了又看说:湛卢啊湛卢,你随我三十余载,和我息息相通,用你制止了无数争端。可我从没有让你沾上一点血腥。直到如今,我终于恍然大悟,什么是湛卢!

齐姜不解地问:先生,难道你手中拿的不是湛卢吗?

墨子摇了摇头说:公主,它不是湛卢啊。说起来,它只是块精钢。

这次轮到齐王不解了,他问:什么?湛卢是精钢?那我请问先生,什么是湛卢?

墨子说:如若你要在这之前问我这句话,我会告诉你,我手中拿的这把宝剑就是湛卢,可现在我要告诉你,这个不是啊。

齐王问:那什么是?

齐姜公主说:请先生示之!

墨子说:是爱!是爱啊!

齐王不解,公主不解。满朝的大臣们不解。

墨子说:是我们人人心中拥有的爱,爱是我们心中的湛卢,如今我把爱心化成了正义之剑,湛卢它应魂兮归去。留它无益只能为这个社会徒增纷乱,我把它掷炉中化为精钢,铸成铧犁,去开垦荒原!

说着墨子把湛卢掷于熊熊炉火之中。

齐王大叫一声:啊!这一声中是满满的可惜!

齐姜也大叫一声:先生!但这一声中饱含了敬重和意想不到。

炉火燃起。宝剑在火中慢慢地消失。宝剑虽然消失了,但它却化成了一种爱,一种精神,活在了所有热爱和平人们的心里。

而墨子也随着这把剑一起鲜活起来,他化成了一把正义之剑,活在了历史的深处,他鲜艳着,闪烁着,成为了一个民族的品质和重量!

这正是:

烈烈炉火熔宝锋,
化成铧犁土中行,
和平带来百业兴,
国富民强共繁荣。
兼爱化成正义剑,
人间处处荡春风。
墨子化剑成圣人,
留下佳话代代颂。

小开小开回家来

娘抬头问:小开,放学了?

小开说嗯!

娘正忙着切菜。娘说小开,猪又哼哼了,趁这个空剜杴了猪草吧!

小开答了声嗯!

小开就去墙角挎起了杴子。娘说,小开,快去快回,菜炒好了就吃饭。

小开说嗯。

小开看着家里的自行车,就问:娘,爸爸回来了?

娘说回来了,去你奶奶家了。娘问:小开,下午还到校吗?

小开说到校,老师叫早点去呢!

娘说小开,那就快去吧,锅还没开,菜我才刚切,等做好,你就能剜满一杴子,你是割草的小老虎。

小开不好意思地笑了。

娘说,快去吧,开,饭菜好了,娘再喊你。

小开答应着嗯。

小开挎着杴子出了门。小开家住在村边上,出了门就是庄稼地。是一片绿油油的玉米地。玉米长到大桌子高了,刚能淹到小开的脖子。小开就挎着爸爸专门给他买的小杴子,走向那个秘密的地方。那儿的猪草多,长得也胖。就是离家远点,是和另一个村的相接处,挺偏僻的。村里的人一般是在麦收、秋收两大季节去，没事是不往那儿去的。

小开不行，小开几乎一天一次。那是一条大沟，沟有一人深，很宽。里面的草儿很多，多得像天上的星星数不清，特别是猪爱吃的猪耳朵秧、马蓬菜、灯笼草，要多少有多少。这个好地方是小开在爸爸买了猪秧之后发现的。爸爸在县城里的一个化工厂里上班，化工厂像八十多岁的老太爷，昨天看还挺壮，今天说不行就不行了。爸爸就三天打鱼两天晒网地上班。有次爸爸跟娘商量，添两个猪秧吧！娘没点头也没摇头。爸爸说说不好我要下岗呢！娘只说下就下吧！爸爸又说，添两个猪秧吧！也算个进项。娘这次没考虑就说好吧！以前家里从不养猪的。反正小开这么大没见过。几次娘想养，爸爸嫌麻烦，还嫌脏，爸爸说一个院子臭烘烘的，入了夏苍蝇到处是，怎么过？爸爸说这话的时候厂里效益好，所以说出的话气就粗，话就硬，娘就听。到月底了，爸爸就把那崭新的能削萝卜皮的票子交到娘手里。那时娘比这年轻，比这好看。娘接过钱后咬一下爸爸的脸，咬得很响。当时小开不知道这咬是什么意思，他不明白大人们一高兴就相互地咬一下是为什么，他觉得那样不好，很不团结的。

爸爸说养猪的那天班下得很早，那天是周末，小开正在院子里做作业。爸爸一般下班回到家天都上黑影。这次刚吃过午饭爸爸就回来了，爸爸的脸色不好看。小开感觉爸爸的四方脸成长脸了。爸爸的笑也不像以前那样爽朗了，笑起来声音拖得长长的，而是笑了就马上收回，就像秃五叔家那只没尾巴的狗，咋看咋难受。爸爸对娘说，今天厂里开了大会，公布了名单，其中有我呢！娘说下就下吧，家里有地，饿不着你的。爸爸说他妈的真无情，干了十多年，说下岗就下岗，就像给小孩掐奶，说不给吃就不给吃了呢！娘说到哪儿讲哪儿，别再抱怨了，在家里，只要侍候好咱那三亩多地，家里再添点牲畜，能平平和和地过就行了，咱也甭求什么多大的好处。爸爸从兜里掏出一沓钱交给娘说，这是发的三个月生活费，趁着这个钱，明天是官桥集，买猪秧吧！娘就点头。娘的头点得沉重。当时正在一旁做作业的小开不明白下岗是什么东西，反正他觉得那不是好玩意。不然，爸爸和娘一说起下岗脸就寒,就显得很难过。小开是二年级的学生,爸爸和娘的变化,他能看明白了。

　　小开走出村子的时候,就见到王宇哥正在南边的路上散步。王宇的脚步走得很慢,骆驼似的。王宇的双手插在裤子兜里。头低着,像电影上的领导,在思考着什么重大问题。王宇哥是个大学生,是全村的骄傲。欢送王宇哥去上大学那天成了全村的节日。小开那时记事了,村里敲锣打鼓,放着万头的炮仗,一挂值好几百块钱呢! 放这么多的炮仗只是麻子爷娶儿媳妇时放过一次。麻子爷是村里的"一把手",是村里最大的官,说话村里人都点头。除了爸爸有时爱答不理的,麻子爷就说爸爸在外面工作的,他的话是可以不听的。那天王宇哥穿着一身崭新的衣服,斜披肩穿着一块红,胸前戴着个碗口大的红花,挺是个味的。当时小开正在那儿抢燃了没响的鞭炮。小开记得有一个鞭炮掉在地上没响就去抢,才想拿,鞭炮响了,吓得他一屁股坐在一摊狗屎上。小开记得当时娘照头就给他一巴掌。那巴掌打得很疼。小开就哭了。娘就数落他,你看你,什么时候像你王宇哥! 小开记得他当时赌气说我长大了不就像了。娘说人家王宇考上大学了,知道吗? 人家王宇是大学生,是大学生你知道吗? 小开当时摇了摇头。小开不知大学生是什么,从娘的眼光和语气中,小开知道大学生一定不是孬玩意。小开想,大学生一定象文吃的那块泡泡糖,挺让人馋的。

　　小文是城里的孩子。那天小文跟着爸爸来小开家里。小文的爸爸和小开的爸爸在一个厂上班,是干相好。一到星期天,小文的爸爸就领着小文来小开家玩,说是换换空气。第一次来时小开当时管爸爸不是叫爸爸,而是叫爹。小开爹爹地叫。小文就很纳闷地歪着头问他爸爸,爹是什么东西? 小文的爸爸就告诉小文,爹不是东西,爹就是爸爸,爸爸就是爹。小开一叫爹,小文就皱着眉头说难听死了,难听死了,怎么听怎么像鳖。小文爸爸爸爸地叫着,叫得小开很眼馋。下午小文走了,小开就对爹说,爹,我以后也管你叫爸爸。爸爸当时摸着他的头说,管爹叫爸爸,管娘叫妈妈是城里人叫的,乡下人都叫爹,叫爸爸村里人笑话。小开说我才不管呢! 我就只叫你爸爸。

从那之后小开叫开了。

　　小文每次来都带来小开很多没见过的新鲜东西,像果冻啦、贴画啦、橡皮泥、能换铅的细铅笔啦,对了,还有泡泡糖,香甜香甜的,很好闻,又好玩。比秃三那个代销店里卖的水果糖高级多了。那次小文给了小开几块。小文说,吃吧,使劲嚼,嚼完了你再吹,这样,这样。小文做着示范,噘着嘴,吹,一吹吹一个大泡泡,大大的,破了,嚼。又吹。又一个大泡泡。真好玩。小开也学小文的样子,吹。小开把小嘴都累疼了,就是吹不出来。小文就在一边这样这样地教。开始小文挺有耐心,教得也挺认真。可小开就是吹不出大泡泡,吹的都很小很小。小文就显得很失望。就噘着嘴说,小开,你真笨!

　　一想起泡泡糖,小开就想起问娘要钱的事,那次秃三店里进了泡泡糖,小开是去帮娘打酱油时发现的。到家了,小开就说娘,给我两毛钱。娘问小开买啥?小开长这么大一直没问娘要过钱,小开很乖。娘对小开说,肯跟娘要钱的不是好孩子。小开是个好孩子。所以一直没问娘要钱。这次,泡泡糖太让小开眼馋了,因为泡泡糖,小文说过他真笨。小开想我才不笨呢!小开想买块偷偷练,等小文再来时吹给他看,看看我还笨不?娘不知小开想的啥,娘觉得很稀罕,小开从没问她要过钱,就问小开。小开说,我想买泡泡糖!娘原来的脸是笑着的,笑得很好看,花一样的,可听了小开的话,娘的脸就变了,娘就说,小开,没出息,光知道吃。娘说人家王宇你知道吗?小开就点头,小开知道娘说的是披红戴花的那个大学生。娘说你王宇哥从小到大问娘要钱从没买过吃的,人家都是买本子铅笔,都是学习用的东西。小开说娘,泡泡糖可好了,又能吃又能玩,能吹泡泡,好大好大的泡泡。就是小文那回来吹的那样的。娘说人家小文是城里人,你能比吗?城里人和咱不一样,城里人能玩的东西,咱们就不能玩。知道吧?小开不明白娘说的是什么意思,就摇头。娘就照头给了他一巴掌。那一巴掌很疼。小开的泪一下子就流出来了。小开不明白娘这是因为啥。小开想自己并没说错呀,泡泡糖人家小文真的能吹好大好大呢!爸爸过来了,爸爸就说娘,你看你,你看你。爸爸摸着小开的头说小开乖,小开不哭。小开很听爸爸的话,就用手背抹泪。

爸爸蹲下了,用手给小开把脸上没擦净的泪擦干净,就问小开,一块泡泡糖多少钱?小开说两毛。爸爸就从口袋里掏出两毛给了小开,说去买吧,记住,这是第一次,也是最后一次。娘见了,就生气。娘说你看你,还有你这样惯孩子的?小孩应该让他多想着上学,不能让他光想着吃,光想着吃那不成猪了?再说了,家里真是渴着他了还是饿着他了?你看人家王宇,人家王宇他娘说王宇长到这么大从没问他娘要钱买过吃的,买的都是学习用的东西!你没听人家老俗话:娇惯无义子,棒头出孝郎。你这样早晚把孩子惯坏了,惯得不成器,最后成光知道吃饱不害饿的猪!爸爸看娘这么说,就笑笑。爸爸说没那么严重,没那么严重。爸爸说的时候就对小开说去吧!小开没有去。他又把钱交给了爸爸。小开说,爸爸,小开错了,小开不买了。爸爸的泪一下子流了下来,爸爸摸着小开的头说,开是爸爸的乖孩子。开是爸爸的乖孩子。

小开见了王宇,就感觉他很了不起。他觉得王宇哥,就像村东头演电影的杆子那样高,小开很喜欢和王宇哥在一起。因为王宇很关心他,每次见小开就问他上学了吗?又考试了吗?考得及格吗?小开每次都很老实地回答。王宇哥每次都很高兴。一高兴王宇哥就摸他的头。他觉得王宇哥的手很柔软,摸得他很舒适,很温暖。

小开就走过去,很好地叫了声王宇哥。王宇抬头看是小开,就对他笑了一下。王宇说,小开,今天上学了吗?小开说刚放学,我去剜猪草。王宇问小开又考试了吗?小开说头两天才考的,是期中考试。王宇问小开这次考得怎样?小开说两门都是一百分。王宇说偷看别人的吧?小开摇摇头说没有,老师监考可严了,谁也捞不着偷看。王宇说这样就好这样就好。王宇说着就很亲切地摸着小开的头,小开觉得王宇哥的手不似以前那么热乎柔软,而有点凉。王宇说小开好好上学。小开很甜地答应嗯,并说王宇哥,我以后也像你,成个大学生。王宇笑了笑说小开,有志气。王宇就又摸了下小开的头说,这没什么了不起,只要好好学习,一定能成大学生的!小开听了很高兴,仿佛自己现在就是大学生了。小开像想起啥似的问,王宇哥,你上完大学了吗？王宇说上完了。小开说那上完你怎么还在家里？王宇显得很无奈地说，还没找到接收单位呢！小开问，大学生还要找接收单位？王宇说大学生也要。王宇说，找不到就只好在家里了。小开说那大学不就算白上了？王宇说就算白上了。小开问那怎样才能找到接收单位？王宇说要么外面有人，要么有钱。小开问，有什么样的人？小文的爸爸行吗？他和我爸爸在一个厂里上班，人可好了。王宇说他不是当官的。小开像想起啥似的说，那你找咱村的"一把手"麻子爷，他是个官，准行！

王宇就笑了。王宇说他在咱们家门口是官，出了门他连自己是老几都不知道，他不行的。

小开说那不是麻烦了？！

王宇唉了一声是麻烦！

小开说大学生怎么还这么麻烦？怎样才能不麻烦？

王宇说我也不知道。

小开说大人们的事怎么这么费劲？

王宇说大人的事就是麻烦事，不像你们小孩。你们小孩多好啊，只要把学习搞好，不惹爹娘生气，就什么都有了。说着王宇抬起目光，茫然地望向东边的山。东边的山是罗汉山，清清楚楚耸着，不多高，看着近，走起来却远极了。小开和小文跟着爸爸爬过一次。山看着就在眼前，可怎么走怎么不到。把腿都跑细了。问爸爸为什么，爸爸讲了一个"望山跑马"的故事：说有一个人骑着马到他前边的山上去，山明明在眼前的，跑呀跑呀，从早晨跑到上午，从上午跑到黄昏，还是没跑到，后来马累死在路上了。爸爸说有时候明明看着挺近的，可真正走起来却得需要很长的路程，很多的时间，很麻烦的。

王宇看着东边的山，又看了小开一眼。王宇说，要是不长大该有多好呀！

小开听不明白王宇哥这句话是什么意思。人怎能不长大呢！不长大的人那成什么人啦？小开不明白大学生怎么还说这种没头没尾的话。就问，不长大怎能考大学呢？王宇说，不长大是不能的。小开说，那你刚才说的话我听不懂呢！

王宇说,有些的事,你是不懂的。等大了,就会明白了。

小开似懂非懂地点点头。他想也许是这样吧!也许等到将来的一天,他会明白的。他就跟王宇说,王宇哥,那我剜草去了。

王宇说,去吧去吧!

小开向他的那个"秘密地方"走去。现在正是做午饭的时间,地里干活的人们都陆陆续续回家了,田里就显得干干净净的。小开边走边想,王宇哥是大学生,没想到大学生还有这么多的烦心事。看起来,大学生和爸爸一样,烦恼也不比爸爸的少。路虽不多近,只要走时不把它放在心上,其实是好走的。小开觉得他今天走得特别快,简直能用"不大一会儿"这个词了。

说起"不大一会儿"这个词,小开就想起他的同桌小水用这个词造的句。那天,眼镜老师讲"不大一会儿"这个词。眼镜老师说不大一会儿就是时间不多长的意思。眼镜老师问,同学们,谁能用这个词造个句?眼镜老师先举了个例子:这本书虽然有一百多页,可我不大一会儿就把它看完了。接着眼镜老师说会造的同学请举手。

小水举了,小水举得很高。小水会不会都举手。老师让举手时,小水都会积极的,只是他真会时举得很高,不会时举得很低。这时小水举得很高。眼镜老师先叫小井说。小井站起来说,我爸爸不大一会儿就吃了五碗米饭,三个煎饼,真是个饭桶。同学们都笑了,老师没笑。眼镜老师的脸绷得很严肃。眼镜老师说,不要笑不要笑。然后又叫小水,小水趾高气扬地站了起来。小水说,虽然屁很臭,可我爹不大一会儿就放了五个。全班同学哗啦一下子都笑了,眼镜老师绷着的脸再也绷不住了,也笑了起来。小水被笑得莫名其妙,不高兴地说,笑吗笑吗?我爹真不大一会儿就放了五个嘛!全班同学笑得更厉害了。小开记得那次他的眼泪都笑出来了呢!小开想,小水的爹不大一会儿就"开了五枪",那不成了放屁精了!

"秘密地方"是条大沟。大沟没多深,刚好淹了小开。沟底宽,能并排开两辆五零拖拉机。沟底的地很肥沃,草长得肥嘟嘟的,叶儿绿得发黑,比平常地边地头的厚一倍宽一倍,跟菠菜似的。整个沟底散发着嫩草清香的气味,很好闻。小开放下杈子,割起来,小开割草不是齐平挨着往前走,而是专拣大的割。小的不割,留着,让它长,长大了再割。他专拣大的胖的割。一天没来,昨天那些看着还小的现在都大了,昨天看着还瘦的现在都肥了,只不过有的看着还有点黄,不像头几天留下的那些,长得肥头大耳,就像现在电视上的那些厂长经理。小开想,这些大的该拔了,不然,让它们这样长下去,不把沟长满那才怪呢！小开想,它把沟长满了,那这些小草不是永远就被欺着了？不就永远都又黄又瘦,永远长不大了？小开想,我不能让它们这样霸道下去,这些大草你们也活够一辈子,也该你们歇歇让这些小草长了。

　　小开就拣大的割。割着割着,小开看见一条小蛇。那条小红蛇在洞口昂着头,咝咝地吐着舌头像是唱着快乐的歌儿,在向小开表示着欢迎呢！

　　小开就站住了。那蛇昂了会儿头就又快乐地跳起舞来。每次小开拔草拔到这儿。这条小红蛇总是在这儿准时欢迎他。头昂得高高的,唱着什么快乐的歌。小开想,小红蛇看样子也很孤单,你看这么一大条沟,没有一个伙伴,就它自己怎能不孤单呢？小红蛇就围着小开转了一圈,转的时候,小红蛇显得很快乐。小开盯着小红蛇,小红蛇只顾自己跳着舞。小开看着玩得什么都忘了的蛇儿说,红儿红儿,你回家吧,我也得回家,下午还得上学呢！小红蛇像是听懂了他的话,显得有点恋恋不舍。小开一边割着草一边说不想回家就别回了,咱们在一块说说话吧！小开说我家猪儿长得可快了,娘说每个有二百多斤了呢！娘昨天夸我了,说多亏我剜猪草,不然长不了这么快呢！娘说了,等猪卖了,先给我买套新衣服。小红蛇听到这儿很高兴,仿佛被夸的是它呢！

　　小开说,爸爸今天又回家了,我没见就来剜猪草了。娘说爸爸去的地方离这儿有五百多里呢！那个地方我没去过。娘说,爸爸在那个地方给人家盖房子,干临时工。上次爸爸回来,爸爸手上的茧子又大又厚,有的都开花了。爸爸的脸上又黑又瘦,可难看了。今天我没见爸爸就来不知爸爸又变丑了没有？

我刚才遇到王宇哥了。王宇哥是个大学生。大学生是很了不起的,娘说以前叫秀才。秀才是什么东西我不知道,反正不是孬东西,是非常非常让人眼馋的。王宇哥今天看样子很烦恼,烦恼就是不高兴。就是不开心。唉,小红蛇,大学生也有不开心的事呢!我来时王宇哥在村头散步呢!王宇哥现在大学毕业了!在家等分配。他没找到接收单位,没找到接收单位就不能上班,就得在家等。你说说小红蛇,你说说,王宇哥什么时候才能上班呢?哎,对了,我以前是很想当大学生呢!大学生是我的目标呢!以后你说我考上了要像王宇哥,那不就坏事了?你说我还考大学当大学生吗?对了,小红蛇你们那儿也有这么多不开心的事吗?你天天光在洞口玩,不见你干一点事,你这样能行吗?……

小开抬头看看天,发现太阳不像以前那么热了。再看他割的草像一座小山似的。小开知道他该回家了。

小开挎着一杈头猪草累得气喘吁吁回家时,他发现娘的嗓子哑了。娘见回来时照头就是一巴掌。接着问他上哪儿去了?小开擦着眼泪说还是那个地方。娘问小开我喊你这么长时间你怎么不答应?我满坡满田地喊你,你怎么不答应?小开说我没听见娘。娘说你怎么能听不到呢?你怎么能听不到呢?小开说娘我真的没听到。小开想说娘你看我今天割得比哪天割得都多!小开没有说,只是用两只流泪的眼睛望着娘。娘说我喊你嗓子都喊哑了。娘的嗓子都喊哑了你知道吗?小开没有吱声。娘说现在几点了你知道吗?小开问几点了?娘说三点了!小开说怎么会这么快呢!

小开说着就往外走。娘说你干什么去?小开说我上学去!

娘说吃完饭再去,反正是晚了!

小开说不了。小开说娘我上学去了!

小开把泪擦得干干净净。上学去了!

如山的母亲

人一生中的第一个老师就是自己的双亲。父母的言传身教对孩子性格的形成和命运的走向有着直接的关系。一九七一年农历八月十五,我降生在山东省滕州市鲍沟镇闵楼村的一个贫穷家庭里。兄妹五个,我排行第四。上面有两个哥哥、一个姐姐,下面还有一个妹妹。父母是老实巴交的农民,他们质朴,善良,勤劳,正直,是我一生永远的榜样。

父亲是一个不善言语的人,只知道默默地干,没黑没白地干,生产队里什么活脏,什么活累,父亲就干什么活。因干那些活拿得工分多。白天干了晚上还要加班,就是这样干,可到年终一决算,家里还要往生产队里倒贴钱。因我家有七张嘴啊!母亲常说,生下我的第七天她就下地干活了。当时正好生产队里刨地瓜,一天能挣两天的工分。也就是在那时候,母亲落下腰疼的毛病,一到阴天下雨,就疼,疼得钻心。

人活着,就得要活个骨气

母亲给我的影响最大。母亲命苦,十四岁没娘。当时二姨十二,三姨十岁,舅舅八岁,小姨六岁。外祖父因为妻子的死整日借酒浇愁,家里的一切重担都落在母亲十四岁的肩上。做饭、地里的活、妹妹弟弟的衣服,还有人

情事事什么的,母亲是一肩挑。也就是那时的艰难,培养出了母亲独立、好强而不屈服的性格。母亲常对我们说:人一辈子最幸福的就是一家人能团团圆圆在一起,日子再苦、再难,其实那都是好过的坎。没了爹娘,就是家里再富有,可也是苦孩子啊!

　　母亲是个要强的人。小时我记得好多年没去外祖父家,后来才知道,是母亲在使志气。外祖父嫌母亲嫁给父亲,并嫌我家穷,孩子多。就因外祖父的嫌弃,母亲对外祖父声明:"庆坡(我父亲的名字)是一个正干实在的人。我自愿的。孩子多怕什么?我最多多吃十年的苦!你如嫌我们穷,怕穷气扑着你,我就不回你的门。啥时我家没穷气了,我才走这个娘家。"母亲就这样一拉起十年没走娘家!有了我们兄弟姐妹五个,我家的日子就更苦了。父亲母亲就是那样拼命地干,可还是照样挣不够我们家的工分。每次生产队里分东西,哪堆最少,哪堆最孬,哪堆就是我家的。

　　母亲的心毕竟是柔软的,她惦记着娘家的弟妹,每到我家分下一些玉米或地瓜,都要挑一些让父亲送去。有时新烙了煎饼也要大哥给送去。有一次,外祖父来我们家哭得一把鼻涕一把泪的,我跟着母亲把外祖父送到村外,那时外祖父已是快七十的人了,老人家握着母亲的手说:"我儿啊,你还记恨你爷(外婆那儿对父亲的称呼),你有十年多没回娘家了。我当时说的是气话,可爷是为你好,是怕我儿你受苦啊!你没娘的孩子跟着我已经就受够了,爹是想给你找个阔的人家不忍心再让你受苦了!"母亲那次也哭了,母亲说:"爷,小孩都能挣工分了,我们家的日子就快好转了,好转了我就去看你。"外祖父知道母亲的性格,知道再说也没用,就哭着走了,我记得那是暮秋,有很冷的风儿吹打着外祖父苍老而趔趄的身影,在空寥而萧条的旷野,越走越远,可却永远活在了我童年的记忆里。

　　后来母亲问我:"孩子,知道我为什么不回你外婆家吗?"我摇摇头。母亲说:"咱家穷。我去了怕你外婆家那里的人看不起。"我说不会的。母亲没点头也没摇头,只是交代我:"孩子,人活着,就得要活个骨气。娘的话你要记住,活着一定不能让人看不起。就是在自己最亲的人面前也要把腰挺着。就是腰断了,头也要给娘昂着。那样才是娘的好乖儿!"我说:"娘,我记着了。我一定照你说的去做。"我知道娘说的是一个人做人的最根本的东西——血性,也就在那个时候,我知道了什么叫骨气和志向。

人活着,可不能光想着自己

母亲虽是文盲,但她深知文化的重要性。母亲常对父亲说:咱就是再苦再穷再受罪,也要供孩子上学。有了文化,孩子才会有出路。就这样,我们兄妹五人最低都上到初中。

母亲虽性格刚强,但心最软,也最同情人。记得那年我八岁,刚年一上级。一个学期结束,年就过来了。放寒假了,我得了一张奖状。捧着奖状心里甜滋滋的,欢欢喜喜地跑回家给娘看。母亲不识字,可她知道,能得奖状的孩子一定是班里学习好的孩子。母亲当时正扫着屋,忙放下扫帚,把奖状看了又看,母亲很高兴,就吩咐父亲明天集上多称一斤肉,好让我过年时吃个够,算是对我的奖赏。

第二天,是我们闵楼村的集。父亲狠狠心,割了二斤肉。以前我家过年都是割一斤肉,而那年称了二斤,大哥、二哥和我都幸福得不得了。

娘割了一半肉剁了两大筐萝卜,然后就把剩下的一半挂到梁头上,说等到年初二上午熬肉吃。

我就急切地盼着年。那几天的日子真是漫长,也就在那个时候,我知道等待的滋味是那样的令人心焦。所以在后来的恋爱中,月光下静候恋人的时候,我就回味七岁那年等肉吃的情景。在等待时,我把恋人想象成肉,那美好的滋味感染了我一嘴的涎水。我伸伸脖子甜甜地咽下了,美美地想,快了快了,马上就可以吃肉了,真是美妙的滋味啊!

除夕的晚上,母亲就给我们安排过年的伙食。母亲说,初一吃饺子,初二咱熬肉。我和哥哥幸福得心里开了花。看着我们哥几个高兴,母亲眼里就有了些晶莹的东西,我那时还不知道,娘眼里的那东西叫泪。

这时父亲从外面回来了,低声对母亲说:"二柱家里的正在哭呢!"二柱是我的一个近门,头段时间有病死了。父亲说:"一家人正愁得哭呢,家里什么也没有,愁这年怎么过呢!"娘望了望我们哥仨,又望了望梁上的肉,最后狠了狠心,把肉从梁上取下来,连面和馅子一并交与父亲说:"快去,给二柱家送去。"我们哥几个心里都酸酸的,二哥轻轻地叫了一声娘。母亲回头望了一眼我们哥仨,哎了一声,就用刀在那块肉上割了一小块,不过三两的样子。母亲说:"留着点吧,初二好炼油。"娘知道我们哥仨心里有意见,就说:"孩子,咱们虽穷,可还有爹娘,你们是不可怜的。可你二柱叔家的几个弟弟没有爹了呢!他们是没爹的孩子啊!"母亲最后交代我们哥仨:"孩子,人活着可不能光想着自己。"后来我就牢记住母亲的这句话,在今后的人生旅途中,时时用这句话来对照自己,规正自己,以便活成母亲话中的形象。

初二那天,母亲用那点肉炼了锅。那点肉哪禁炼,一炼就没有了,就糊成油屑了。初二的那天,我们哥几个吃着满口的白菜帮,吃出了母亲的善良,那善良却是满口的清香!

有多大的心胸,就能办多大的事

十五岁那年,刚初中毕业,那一年,我仅以一分之差没有考上我们滕县师范,半分之差没有考上高中。娘说孩子,再补习一年吧!当时我们家正是最艰难的时候,大哥正赶着找对象,家里赶着盖瓦房子,二哥只比大哥小两岁,也有人给提亲。妹妹还在上着学。虽然父亲母亲咬着牙想供我上学,可是非常难了。我对娘说:"世上的路千万条,不一定我就专走考学这一条。只要有心,条条大道都可以通罗马!再说了,人不能在一棵树上吊死。"后来我就跟着一个表叔去枣庄干建筑工。临行时,母亲交代我,到了外面,心一定要宽,要大。母亲怕我不明白,解释说:"你如果能把一百块钱看得像一分钱,那你能挣十万块一百万块;你要是把一分钱看得像磨盘,你早晚得被磨盘压死啊。"母亲虽没文化,说得虽浅显粗陋,但内在的道理却很耐嚼。母亲之所以给我说这么多,目的是为了要让我这个刚刚步向社会的孩子牢记住她最后说的一句话:"孩子啊,有多大的心胸,就能办多大的事。"这是母亲二十多年前交代我的话,她的话和电视上近段时间常播的一个公益广告"心有多大、舞台就有多大"异曲同工。我把母亲对我说的这句话铭记于心,不论在做事、做人、做文上时刻与这句话对照,时时提醒着我:今天,你又小心眼了吗?

自己的耙子上柴火!

1989年的夏天,我们鲍沟镇在全镇招收通讯报道员,我因会写几首破诗,侥幸选中了。我那时是从写诗向写新闻过渡,其艰难程度可想而知。光语言层面,就让我挠头,因诗歌是跳跃性的意境语言,而新闻是实打实的生活语言,两者根本是不相融的。我就在那时明白了语言是怎么回事,正所谓上哪山砍哪样柴,当什么人穿什么衣一样,一个文本有一个语言模式。我当时是和杨恒标、孔琳两位兄长一样的老师在一起,有个什么不会的我就麻烦他们。对了,我写新闻就是跟孔琳老师学会的,小说是跟恒标兄长学的。他们是我作文的老师。当时写稿子我们都在一起写。就是采访完了也要他们给我搭个骨架,自己再填肉。后来母亲知道这件事,就专门跟我说:"你干什么事最好不要麻烦别人,也不能指望别人,别人能帮你一时,可帮不了你一世。人活着自己要给自己争气,干什么事都不要依别人,要靠自己!"最后母亲语重心长说了一句我们当地的俗语:"自己的耙子上柴火啊!"

耙子是一种竹器,是用来搂东西的。这句话的潜台词就是:万事要靠自己。1998年我因是临时工又第二次被撵回家喝糊糊,在枣庄文联开作家代表会时,"怀才不遇"的我抱着想让任何人帮着改变艰难处境的期望,请

求文友们和文联领导的抬爱帮助,我说得很殷切。当时张继(《乡村爱情》的编剧)兄也在一起开会(他那时还没调到济南去,他和我是一样的处境,也是靠写作走出来的)在会后对我说:"《国际歌》里有这么一句话不知你是否记得?"我问是什么?张继说:"世上从没有什么救世主,一切要靠我们自己!我说我记得。张继兄说:《国际歌》上都这么说,看来这句话是有国际性的啊。记住兄弟,求人不如求己,只有自己才能救自己啊!"张继兄的话如醍醐灌顶,使我猛然明白了"自己的耙子上柴火"的真正含义!

好好念经,最后少不了你的经钱!

我曾经在很多的场合上说过:"当我回首我的过去,我发现身后的脚印里每一个都盛着汗和泪,当然这些液体是红色的,因为里面包含着血。"在我三十六年的人生历程中,我可谓是浮浮沉沉,四起三落,一次次回家喝糊糊,而所有的这些恰恰不是因为我的工作干得不好,正因为我出色,我干得最好,所以我才痛苦。1989年春,我被我们鲍沟镇党委宣传科招去写新闻,当时镇里留三个人,一个月给60元钱。我是我们三个人中最早在我们地级市报纸上见稿的人,也是发新闻最多的人。赶到那年年底精简机构,我们三个人只留一个,因为我会手艺,我就回家了。回家后我比在镇里的时候写得更多,在1990、1991这两年间,我的新闻作品在省里获了一个二等奖,在《枣庄日报》等地市级获了两个一等奖。这在我们滕州是很少的。镇领导看我是个人才,就在1992年10月又把我招进镇党委宣传科。可巧,我们那儿那时候又赶上乡镇精简,我已回过家一次。这次领导不好意思再让我走了,就把我安排到当时我们镇《枣庄日报》的自办发行站去送报纸。送报纸之际,我接触了乡镇更多的人和事,我就白天送报,晚上及时地把它们写出来。于是我的新闻报道就及时地在《人民日报》《经济日报》《法制日报》《农民日报》《内部参考》等全国重要媒体刊发出来,很多的都是各版的头题。1993—1994年间,我们滕州市在国家级报刊见报的近30篇新闻作品,光我自己就占了17篇。当时我们县新来的宣传部长刘宗启,是一个非常有眼光和魅力的好领导(张继就是他最先发现并提到乡镇干通讯报道员的,那是他在金寺乡干党委书记的时候做的事),来到滕州他又把我提到我们滕州市委宣传部的报刊发行站做《枣庄日报》驻滕州记者站的工作。我在记者站干到1997年年底,因我在文学创作上取得了成绩,刘部长又把我安排到属于文化局分管的市文艺创作室。可巧在要给我们办手续的时候分管人事的副市长调到另一个区去了。我的手续就搁置了,1998年春上,文化局的领导说,你的手续没办过来,就别来上班了。我只好又滚回家里喝糊糊了。1999年6月,我又被我们文化局新来的领导起用了,他说我在创作方面的影响这么大(他到外面开会很多人都打听过我),放在家里就显得文化局真不是干文化的了。我来到文化局先在政工科干了半年,接着就接干了文化局的秘书。一直干到2002年3月,我们滕州市全市范围内清退合同工、临时工,我因手续一直没办进来,又首当其冲被清退回家。2004年,我因给中央电视台其中的一个剧组写栏目剧,他们想让我到北京。当时我们市宣传部又来了一位干实事、人品端正的刘杰部长,她没放我走。她说咱们滕州的人才不能再外流了。她冲破了重重困难,把我从一个初中毕业的农民破格调到了我们文化馆,并给我解决了编制等工作问题。我成了我们滕州市在文学创作上十八年以来唯一破格解决的一个。

在一次次回家一次次的失望之际,母亲也为我掉了不少的泪。有时是妻子看到,有时是儿子看到,有时是哥哥看到。他们给我说了,我心如刀绞。可母亲在我面前,始终没流过一滴泪。每一次,母亲总是对我说:"让你回家,这说明你的东西写得还不好,还不过硬。"我说:"怎不过硬?《小说月报》《中华文学选刊》都选了啊!"但母亲知道我们家外面一没人、二没钱的。母亲只是说:"孩子,你写到现在,不容易啊,千万不能丢下啊!那样就太可惜了!小时候常听你外老爷说:以前小和尚下山到人家做超度,只要去念经,丧主家都给钱的。孩子,你就要学那小和尚,好好地念经,最后少不了你

的经钱。现在不给,以后会一起还你的!"

在那些最艰难的日子里,我把母亲的话作为救我的唯一稻草,奋不顾身地写,因为我坚信母亲的话是正确的:"好好的念经,最后少不了你的经钱!"

人要不知道报恩那连猪狗都不如

从我懂事以来,母亲常告诉我:对门的大爷给了咱家二斤面,长大了要孝顺你大爷!前院的二婶送给我家一碗菜,母亲就交代我:长大了一定要报答你二婶!母亲说:"孩子,咱庄上的人对咱们家都有恩,以后要出息了一定要报答他们!"母亲常说:"小羊羔吃奶都知道跪着,它那是在报答它娘啊!牲畜都有这样的心,人可不能没有!人要不知道报恩那连猪狗都不如啊!"我时常抱着一颗感恩的心。特别在我人生道路上帮助过我和搀扶过我的好人们,还有我在创作上的老师和同行们,他们和我非亲非故,却为我付出了自己的心血和汗水。对我来说,这就是恩情,一生当中永永远远的债。我常常想,我只是一个码字的人,不能让他们升官发财,又不能给他们带来什么好处,他们帮我关心我是图我什么?其实什么也没图。就因为他们有一颗正直善良的心。正因他们帮了我,我不会让他们失望。所以这么多年来我不停地写,就是在报他们的恩。现在报恩是我写作的主要动力。目的就是不想让这些好人们对我的期望落空。因为母亲的话时时刻刻在我耳边回荡:"人要不知道报恩那连猪狗都不如!"

母亲对我从来没说过多少深奥的话,她说的和她做的都和我们这个村上的任何一个母亲一样平常而又平凡,我知道,这是世上最好的家教,是我一生永远要学习的课本。她让我自立、自信、自强、自尊,把自己的这个"人"字的一撇一捺用自己的一举一动写得端正而牢靠,又自己的文字作品把自己的人生写得结实而美好。

一个乞丐

王要饭的,长得不高,闵家庄的人管他叫要饭的。开始的时候他很委屈,我是有名的!他就对闵家庄的人说,我姓王,叫王富贵,小名叫大阔!闵家庄的人听了就笑,笑完了还是那样叫,只不过在"要饭的"前头加了个姓,王要饭的。

王要饭的落脚在闵家庄村南的场屋里。场屋是上个世纪六十年代建的,七十年代修过,把屋顶的麦草换成了泥瓦。后来联产承包到户,场屋用处不大了,就成了空屋。那时王要饭的刚从外地来到这儿,是冬天。王要饭的白天赶门,晚上就缩在玉爷家前的玉米秸垛里。玉爷看着可怜,就给队上的黑子队长说。黑子队长很爽快,说行,空着也是空着,长时间不住人就成野屋了。王要饭的就住了进去。

王要饭天不亮就出门,晚上回来。闵家庄周围有十来个村子,一个村子够他要好几天的,十来个村子轮一遍,至少也得两个月。一到农忙,也就是麦收、秋收两大季节,王要饭的就显得很忙。他今儿给东家帮忙,明儿给西家打场,后天给南家拾麦。闵家庄的人就挺感动——闵家庄的人心也是肉长的,所以到阴天下雨那些出不了门的日子,王要饭的不管到谁家,他们就把桌上正吃的菜给他拨上半盘子。村里有什么活,像看夜了,看垄沟了,黑子队长就安排他。不白看,一夜五毛钱。王要饭的就很高兴,看的也就很认真。

闵家庄的人渐渐地把王要饭的当成了自己人,有一次分机动地,队里专门给王要饭的分了三分,和我们队上的人一样。王要饭的很感激。有时他出去要的干头多,他就把好的留起来,像碎煎饼了,有点长毛的馍了送给了村里那些有生灵的户子,给他们喂猪、喂狗。闵家庄上的人都是晓大理的,他们哪能接受别人的东西呢,再说是一个要饭的苦人!就按斤给他钱。王要饭的坚决不接。

在闵家庄讨饭,王要饭的一年一回,也就是在年关。大伙一看他来了,就相互把过油的酥菜啦,包好的饺子啦,炒好的花生啦等年货用纸包好,送给他。

就这样一直过了很久。后来王要饭的遇到了孙大头。王要饭的生活就改变了。

孙大头也是个要饭的。那次他和孙大头遇上了,孙大头急急忙忙的,王要饭喊住他,问他干啥去?孙大头告诉他,挣大钱去!王要饭的问,上哪儿?他说去城里。

王要饭的听了摇摇头说,城里可不是咱去的地方!

孙大头说,凭啥说城里不是咱去的地方?知道大秃子吗?王要饭的知道,就是那个癞痢头,整天戴着个席夹子,脏的没人愿搭理。孙大头说那小子要发了呢!现在不戴席夹子了,几根头发向后奔着,还带着块手表,拽死了!昨天我见了他,胖得像个员外。他给我说,在城里,他哪天都是鸡鱼肉蛋的,哪像咱,天天是煎饼糊涂烂咸菜。一年到头连个腥水也见不上。

王要饭的不相信,就问,城里就那么好要?

孙大头说,城里遍地都是金呢!

王要饭的心就有些动了。他想起村里玉爷的孙子金盘,听人说上学时考试每次都倒数一二名的,是村里有名的捣蛋虫。小时候,每到年了,金盘他就领着村里的娃子去给他拜年,这起拜完再领一起。王要饭的一到年他就用红纸包好一毛钱,分给每个去拜年的孩子。他领了一起又一起,每次都分他一份,一天他能挣好几毛呢!毕业后到了城里,没几年,这小子就混发了,听说是什么公司的经理。回家都是车接车送,还找了个非常俊的城里妮子做老婆;还有黑子队长的弟弟五黑子,听说在城里修理自行车,修着修着修起了摩托车,三年下来,就把家里原来盖的砖瓦房也修了,修成了二层小楼房。像这样的人在闵家庄还有几个,只不过不比这两个人,但有一样,只要和城里搭上了边,就比摆弄那二亩坷垃头子强。

临走时孙大头又回过头来说,你也该到城里去闯闯。

王要饭的说我不行的!

孙大头说,谁行?不去闯怎知自己不行?

王要饭的说我得考虑考虑!

孙大头说这有什么好考虑的,咱们这些要饭的,到哪儿都得喊婶子大娘给点吃吧!

王要饭的说,到哪一样喊不假,但有的地方听咱的喊,有的地方不一定听!

孙大头说,只要喊得甜,哪儿都愿听!你不去我可走了。孙大头唱恣恣地走了。

孙大头走后,王要饭的像掉了头魂似的。他考虑再三,最后决定,到城里去!

王要饭的去城里的那天阳光很好。太阳黄灿灿的,发着金子一样的光芒。王要饭的感觉这是好兆头,本不怎么坚定的决心此时更加坚定了,脚步走的也就有了点小壮烈。那天闵家庄的人却什么感觉也没有,只觉得今天王要饭的出门出的晚。正好黑子队长从田里回家吃早饭,两人遇上了,王要饭的像想起啥似的问,队长,能不能再给我一点地?黑子队长说不是给你三分地了吗?王要饭的说,我住着场屋也不是长法,想要点地自己盖间房子!黑子队长说这个事吗,我不敢作主,我给村里反映,我想问题不大的。王要饭的很高兴,就说那就多麻烦你了!黑子队长说举嘴之劳举嘴之劳。黑子队长看王要饭的行色有点匆匆,就问又要出门?王要饭的点头说嗯!黑子队长说以后你就不要再出去讨饭了。村里不是给你三分地吗,你种点菜,咱村十天四个集,你活动一下就饿不死。再说,每天你都从闵家庄出去,知道底细的还好说,不知底细的,还以为我们闵家庄吃不饱穿不暖呢!小孩子说个媳妇都要受影响!我说呢,以后最好别在要了,闵家庄养你一个人还是能养起的!

　　王要饭的说是。我出完这趟门以后就不打算再出去了。黑子队长没有再问,只说这样就好,这样就好。说完倒背着双手,干部似的,回了。

　　闵家庄离县城不近。王要饭的一边要着一边走,走了七天,才到。望着熙熙攘攘的人流,王要饭的一阵激动,我终于来到城市了!

　　一整天,王要饭的激动地吃不下东西,这个城市,他小时候来过一次。那时十来岁,城市还没这么大,一上午就能转全一圈。也没现在这么多人,数来数去数不清。那时最高的楼房,也比不上镇湖的龙泉塔,现在可好,哪座楼房都比龙泉塔高,都高到云里头去了。王要饭的看着来来往往花红柳绿的人,一个劲地啧舌,奶奶的,还是城里人,你看衣服,在乡下,只有大姑娘才穿红,有了孩子的媳妇就穿素了。可城里这红的衣服都是大男人穿。城里人真大胆。真敢。

　　王要饭的就看自己的衣服,衣服虽破,但很干净,唯有这一点,王要饭的心里还有一点安慰。

　　王要饭的夹着个打狗棍,拿着个粗瓷碗,身后背了条干净的破口袋。他一边走一边看,整整一天,王要饭的都在瞅稀罕景。

　　王要饭的来到一个叫三角花园的场所,里面有打太极拳、遛鸟的,他看那些老头都红光满面的,心里就惭愧,自己和那些老头岁数都差不多,你看看人家,多逍遥自在,王要饭的就想自己,真是白活了!怎么是这么个命呢!

　　他想起闵家庄的老先生玉爷说的话,玉爷说人的命天注定。就拉了个呱:说一母所生的两个老鼠,由于一次偶然,一个老鼠跟粮车上了粮仓,一个老鼠就去了粪坑。去粮仓的老鼠天天吃大米小麦,吃了就睡,睡了就吃;而留在粪坑的老鼠只有天天吃屎,吃的时候还提心吊胆,唯恐拉屎的人发觉。

玉爷说这是命啊！

来到城里的第一天就这样过去了。第二天天没亮，王要饭的就醒了，是饿醒的。他知道昨天兴奋地一天没吃一口东西，现在肚子饥荒了。

王要饭的要的第一个门是家布店。布店刚开门，王要饭的就说，大哥，给点东西吃吧。老板看见王要饭上门，连说晦气晦气！早上刚开门就遇见来要饭的，破财呢！布店的老板很信这个。就说快滚快滚，这里没什么东西给你吃！走不？不走我可揍人了！

王要饭的只好又换了一个门，这家是个面包房。一个涂脂抹粉的三十多岁的胖妇女站在那儿。王要饭的就说大姐，给点吃的吧。

那女的一听把两道眉竖了起来。说这里的东西都是卖的，又不是打发要饭的，快走快走！

王要饭的只好又走了。

一个早上，王要饭的要了十几个门，没有要到什么。他就觉得两眼在冒金星。

这时，他身边走过父子俩，小孩手里拿了半块面包，就听小孩说，爸爸我吃饱了，我不吃了，给你吃！男人说，爸爸不吃。小孩说你不吃那我扔了。男的说扔就扔吧！小孩就把面包扔了。

王要饭的看见了，上前把扔的面包捡起来，拂去上面的灰尘，大口吞起来，小孩看见了就说，爸爸你看那个要饭的，把我扔的面包捡起来吃了！

小孩挣脱爸爸的手，来到王要饭的跟前，小孩问王要饭的，你饿了吗？

王要饭的点了点头。

小孩从口袋里掏出一块巧克力，递给王要饭的说，你吃吧！

小孩的爸爸从后面过来了，一把拉走小孩。小孩说爸爸，他饿呢！

男人说，哪个要饭的不饿呢？

小孩问，你怎么不让我给他巧克力吃？

男人说，知道吗，那一块巧克力八毛钱呢！

这些话王要饭都听见了，心里就难过。他这才明白，城里不是闵家庄！

王要饭的想起了孙大头的话:城里遍地都是金。看来,话不真呢!

半个月后的事了。闵家庄的黑子队长拉着玉爷城里买化肥。玉米没膝了,得喂肥。可化肥不好买,黑子队长想起在城里有神通的金盘。为保险,黑子队长拉上了玉爷。

两个人下了车,往前走没多远,黑子队长看到一个要饭的,在爬。边爬边喊,好心的大哥大姐,可怜可怜我这个要饭的吧! 街上的人熟视无睹,各人还是走各人的,仿佛根本没听到这个要饭的喊叫。黑子队长骂了声。

黑子队长就从口袋里掏出五毛钱,放到了要饭的碗里。

要饭的忙说谢谢你,谢谢你,当他抬眼看黑子队长时,黑子队长大吃一惊,这不是王要饭的吗?!

王要饭的忙把脸扭向一边,眼圈接着红了。黑子队长就问,王要饭的,你的腿,怎么弄的?

王要饭的没有吭声。

黑子队长就给一旁的玉爷摆手。玉爷过来了。

黑子队长对玉爷说,你看看这个是谁?

玉爷仔细一看说这不是王要饭的吗?

王要饭的眼里就汪汪的。

玉爷说,你的腿,怎么回事?

王要饭的泪开始流了。

玉爷说哎!

黑子队长说哎!

王要饭的泪就流了。

玉爷说回村吧!

王要饭的就点头。

黑子队长说,你说的那个事我给村里说了。村里说行。秋收后划老年宅,到时给你划一位就是!

玉爷就吩咐黑子队长:你给金盘打电话,就说咱在这里等他来接。

黑子队长点头说好！

黑子队长帮忙把王要饭的扶到路旁的一个凉荫处，就去打电话了。玉爷看着脏得不堪入目的王要饭的说，怎么回事？

王要饭的说，那天，我正在讨饭，前边有个青年掉了一个包，我就捡了，跑过去交给那个人。那个人说不是他的，我很纳闷，明明见从他身上掉的，怎么不承认呢？我见钱包开着口，就好奇，打开看看，这时就有一个青年人过来打我一拳，说我偷了他钱包，我把钱包给了他，他看了，说钱包里买彩电的三千块钱不见了，就逼我交出来。我说我是捡的，没拿他的钱，他们不相信，就打我。后来就把我的腿打折了！

王要饭的说，我对他们说，我虽是个要饭的，可我从没偷过。他们不相信我呀！

玉爷说，这儿不是你呆的地方！

金盘开着辆轿车过来了。看见爷爷到了，高兴得像绊倒拾了个金娃娃似的说，我觉得今天有什么喜事，一起床，家里的小鹦鹉就叽喳叽喳地叫，没想到，是爷爷进城了！黑子此时按玉爷的吩咐刚给王要饭的买了点饭回来，看见金盘，就说爷们，来得这么快！金盘说把爷爷拉来找我，一定是队里又有什么事吧？

黑子队长就嘿嘿地笑。玉爷接过来说化肥不好买，知道你行，帮着大伙买点吧！

金盘说这段时间化肥快得像刀刃，很难买的。一般都是先交足定钱，十天以后再提货。

黑子队长的脸就长成丝瓜，说，大家伙想让你先赊一批回去，等玉米收了再给你钱！

金盘说我今天高兴，再说了，谁让我是闵家庄的人呢！好了，化肥的事咱下午一块去办。

金盘开始没注意玉爷身旁的王要饭的，玉爷说你看看他是谁？

金盘注目看了，开始摇头，接着像发现什么似的说，这不是住咱村南场

屋里的那个王要饭的吗?

玉爷点了点头。

金盘说我见过他多次了,每次都见他在街上爬。当时没注意,光忙着办事了。

金盘就问,你的腿什么时候断的?

王要饭的话说不出来了。

玉爷就把王要饭说的说了一遍。

王要饭的说他们不相信我!

金盘说他们现在活得都不耐烦,自己连自己都不相信,怎么能相信你?

金盘问,你来这里干什么?

王要饭的说,听人说城里能挣大钱,我不能一直住场屋呢!我想有间自己的屋子!

金盘说想法是好想法!可你没摸透城市的脉呢!

王要饭的说,我觉得和闵家庄一样呢!

金盘笑了说,这就是你的腿被打断的原因了。别看着它像个大乡村,其实他不是乡村呢!不是乡村,你知道吗?

王要饭的说没来之前不知道,现在知道了。

金盘说,还是回闵家庄吧。有时你认为一样的东西,其实是不一样的。

玉爷说回吧!

王要饭点了点头。

在送王要饭的回闵家庄之前,金盘专门给王要饭的买了身新衣服。又让他到浴池里洗了个澡,金盘说,小时候我给你拜年,一天领着人拜几次,没少赚了你的压岁钱!这就算我连本带利还你了!玉爷听了不高兴,说你这孩子,乡里乡亲的,说这话多没人味。都是低头不见抬头见的爷们,谁还能不落难,谁有难处就得帮谁,什么事划分得这么清楚干什么?

金盘说,爷爷,城里办事和乡下是不一样的,咱乡下有乡下的规矩,城里有城里的原则。不管如何吧,谁让我是闵家庄的人呢!

吃过饭,金盘要留爷爷在城里住几天。爷爷说不了,便催金盘去办化肥的事。金盘便打起电话来,打了一会儿就对黑子队长说,银行那边说好了,化肥厂那边也说好了。明天直接拉就行了。

玉爷说那俺们也不在这儿坐了,你把我们送回去吧!

金盘说慌什么,难得来一回,明天随车一起走吧!

第二天,王要饭的随送化肥的车一起回到了闵家庄。闵家庄的人看见王要饭的腿瘸了,都说怎么这么不当心。王要饭的想等他们问,可村人们只是说到这儿就不往下说了。还有让王要饭感到不好意思的是,从城里回来后,村人都不叫他王要饭的,都叫他老王了。

王要饭的觉得很别扭。

好 病

闵庆霸死了有三十多年了,直到如今,闵家庄的兄弟爷们还在纳闷,无病无恙的闵庆霸,咋就死了呢?

闵庆霸是闵家庄的五保老人,死的那年并不是很大,也就是六十六。说起来,人到六十够一辈子了,搁在过去,六十活埋,闵庆霸还赚六年呢。可现在是社会主义,生活条件好了,六十岁那算是大青年,八十那才算是刚入老年的边呢。

就在闵庆霸六十四岁那年,自己撒尿发现里面有血丝,后来就尿红尿了。闵庆霸就尿给村里干部看。村里领导闵宪发现了,说乖乖,你还会尿有颜色的,就差人带着他去县城里的医院看大夫。当时县城还没改市,还不叫滕州市,还叫滕县。闵庆霸就在滕县人民医院里进行了一次彻底的检查。一检查可检查出大问题了,闵庆霸是患了膀胱癌。

闵庆霸就问大夫他得的是啥病?大夫说是膀胱癌。闵庆霸问什么是膀胱癌?给他看病的大夫姓章,叫章法。章大夫说:"就是膀胱上有了点问题。"闵庆霸问:"膀胱上能有什么问题?"章大夫说:"有癌细胞。"一听是癌细胞,可把闵庆霸"细胞"住了。闵庆霸换了一个话题就问:"咱这儿得这个病的人多吗?"章大夫摇摇头说没有。章大夫说:"对了,咱们敬爱的周总理就是得的这个病。"闵庆霸一听自己的病和周总理得的病一样,很高兴,点了点头,算是懂了。闵庆霸心里想,人家周总理那是国家总理,日理万机的,有病就应该有那么高贵的病。我又不吸烟不喝酒,咋会和周总理一样在膀胱上有毛病呢?哎呀,看样子,我还不是个简单人呢!

章大夫也没给闵庆霸拿什么药,有这个病了,拿药吃那不是白糟蹋钱吗!只是交代闵庆霸:"这么大年纪了,你要会算,什么都不如药难吃。你呢,想吃什么就吃什么,尽量少吃药。"闵庆霸说:"大夫你说的太对了。我什么都想吃,就是不想吃药。一见药我就头疼。"

临出门时,闵庆霸又把章大夫拉到一边问:"我真的是得了和周总理一样的病?"

章大夫说:"你问这个干什么?"

闵庆霸说:"回村里,要给我们村的领导说的,我怕他们不相信。"

章大夫说:"绝对不会有假的。"

闵庆霸就对章大夫说:"我求你个事,你给我写个证明行不行?"

章大夫问:"什么证明?"

闵庆霸说:"就写我得的病和咱们敬爱的周总理得的病是一样的。"

章大夫一想,一个快要死的人,有这个要求,况且是自己能做到的,就尽量地满足他吧。就说好吧。

章大夫就给闵庆霸写了证明。写完之后,闵庆霸说:"大夫,你还没有盖章呢!"

章大夫问:"要盖章干什么?"

闵庆霸说:"要不盖章,我们村的领导不会相信。"

章大夫似乎留着闵庆霸一手说:"你可别拿着我给你开的信去干坏事啊!"

闵庆霸很高兴说:"我这么大岁数了,怎么会呢!绝对的不会!"

章大夫就盖上了门诊的章。

拿了证明信,闵庆霸心里像三伏天吃了凉黄瓜一样。带着他去看病的人是他的远门侄子闵文书,也是我们村的明白人,当然,闵文书明白,他大伯闵庆霸的这个病,那是没希望了,心里就有些沉重。大夫说的好,这个病也就是等死了。你想想,周总理有这个病都没有看好,给周总理看病那可是请

的全世界上最好的医生吧,这么多高级的医生都没有给看好,别说一个农村里的五保老人了。大夫就吩咐说他想吃什么你们就给他买点什么,尽尽心吧!闵文书当然知道大夫说尽尽心是什么意思。

一出医院的门,闵庆霸就对闵文书说他饿了,想吃饭。他侄子就把他领到当时滕县最好的"三八青年饭店",闵庆霸喝了两碗馄饨,吃了三笼蒸包。吃得那个香,那个馋,让闵文书都在心里暗暗地替他流泪。暗想:这是在吃老食呢!吃了这顿,下顿能不能吃上还说不上呢!

闵庆霸刚回到村头,原本弯着的腰一下子挺了起来,脸上也开出了笑。第一个遇到闵庆霸的是茄子先生闵庆语的父亲闵现亥。闵现亥问:"庆霸,进城?"

闵庆霸说:"是,进城。"

原来闵庆霸和闵现亥说话都是带称呼的。闵庆霸称呼闵现亥个叔。这一回,闵庆霸什么也没称呼。

闵现亥也没在意,就问:"干什么去呢?"

闵庆霸说:"去城里看病!"

闵现亥问:"什么病,这么金贵,还要进城去看?"

闵庆霸说:"是膀胱癌。"

闵现亥问:"膀胱癌是什么病?"

闵庆霸说:"你知道咱们的周总理吗,他就是得的这个病。"

闵现亥说:"你别吹了,你别往自己脸上贴金了,周总理是什么人,那是文曲星;你是什么人,是肉身凡胎,你能有周总理那样的病?"

闵庆霸说:"我凭什么就不能有?你不相信?"

闵现亥说:"打死我我也不相信。"

闵庆霸说:"有医院的证明你相不相信?"

闵现亥说:"相信!那怎么能不信?信!"

闵庆霸从口袋里掏出了章大夫开的证明说:"你看你看,这上面写的是膀胱癌。是和周总理一样的病。你看这儿,还盖着医院的章呢!"

闵现亥把证明信拿到手里,左看右看,上看下看,说:"这信不会有假吧?"

闵文书在一旁说:"是真的,大老爷。"

闵现亥就把信反看正看。其实他是个睁眼瞎,一天学也没上过,连男女都不分的。在城里进厕所有好几次跑进女厕所,挨了好几回揍。后来,闵现亥发誓要学会"男女"这两个字,学了半个月没学会,进城了还是常往女厕所里跑。闵现亥一本正经地看了自言自语道:"还真是这么一回事呢!"然后问闵文书:"文书,你叔得的真是和周总理一样的病?"

闵文书点了点头说:"是的,是得的这个病。"

闵庆霸说:"我没骗你吧。你这个现亥呀,让我说你什么好呢?"闵庆霸有点得理不饶人:你就有点门缝里看人。驴屎蛋子还有发热的时候,我闵庆霸为什么就不能发发热?怎么,我有膀胱癌你心里难受是不是?你就觉的我有病也应该是发热感冒之类的上不了桌面的,可我这次就有了这个富贵病,怎么着?"

闵现亥说:"怪不得老俗语:十年河东十年河西,一点不假啊!"

闵庆霸家也没回就去了大队部。大队的干部们正开会。闵庆霸推开门,进屋就坐下了说:"你们几位当官的都在,我把进城查病的情况给你们说说。"

大队长那时已是闵凡雨了。闵凡雨见是闵庆霸说:"你没看到我们在开会?!"

闵宪发用手制止了闵凡雨说:"庆霸,说说,检查的情况怎么样?"

闵庆霸说:"是膀胱癌。"

闵宪发问:"什么是膀胱癌?"

闵庆霸说:"你知道咱们敬爱的周总理是得什么病吗?就是得的这病!"

闵凡雨把嘴撇得有两丈长,说:"这么说,你就是得的和我们敬爱的周总理一样的病?"

闵庆霸说:"是的。是一样的病。"

闵凡雨有点不认识闵庆霸似的,那目光里明显地显出不屑,闵凡雨说:"怪不得人们说,人不可貌相,海水不可斗量,驴屎蛋也有发热的时候。闵

庆霸有了一个富贵病,是周总理得的那种病。"

闵庆霸说:"咋了,周总理能有我咋就不能有?"闵庆霸说这话的时候明显地感觉腰杆有些硬了。但这种硬还不是多彻底,内里还有一些虚的成分,还需要别的东西来支撑。他忙从口袋里掏出一张纸抖开说:"你看,这儿有医生开的证明!"

闵宪发说:"拿过来我看看。"

闵庆霸就把信送了过去,闵宪发接过一看,又倒过来看了,然后递给了一边的大队会计闵庆化说:"庆化,你念念!"

大队会计闵庆化就接过念了:"兹有闵楼大队社员闵庆霸同志得的病是膀胱癌,和我们敬爱的周总理得的是一个病种。特此证明。大夫:章法。"

念完之后大队会计闵庆化说:"是真的。章法是我的同学,他的字体我认识。我是说,这个证明是真的!"

闵宪发说:"哎呀,庆霸,恭喜你,你能得了这么一个了不起的病。要没这个证明,我真的还不相信呢!我都得不上的病,你闵庆霸咋就得上了呢?这不怪了?"

闵庆霸听了闵宪发的话,有点飘飘然了。他原来挺着的脊梁明显的硬朗了许多。看人的眼神也有了很大的不同,以前他是睁着眼,而现在他也学上闵宪发了,用眼角去看人了。他这时再看大队长闵凡雨,原来的高大如今却小多了。

闵宪发说:"闵庆霸能有膀胱癌这个病,这是一件非常了不起的事。周总理那是什么人,是文曲星,不是凡人。可我们的闵庆霸一个凡人却能有周总理那样的病,这从而说明闵庆霸是了不起的。我们也不能把闵庆霸当成简单人来看!这也说明闵庆霸是我们闵家庄的骄傲!"

闵宪发这么说,村里的干部们说对对对,闵庆霸的确不是简单人。能得周总理那样的病能是凡人?要是凡人那真是怪了。人们就想内在的联系,说周总理有那样的病是被日理万机的工作累出来的,闵庆霸有这种病是自己在地里干活干出来的。相比周总理,闵庆霸就显得渺小多了,就显得轻于鸿毛多了。

可闵宪发说的好,闵庆霸能有这样的病,这本身就是一件了不起的事,是一件可喜可贺的事,是我们值得反思的事。闵宪发说了,闵庆霸有病了,我们不能再用以前的眼光来看他了,我们以前实在是太不应该了。

这话说得大伙对闵庆霸肃然起敬。大伙都说对对对。闵凡雨说:"支书说的对,真对。太对了!"

闵庆霸就觉得他塌下去的胸脯又鼓起来了。闵庆霸就觉得他不是闵庆霸了,他是我们敬爱的周总理了。

走在街上,闵庆霸也开始迈起四方步。四方步可不是谁想迈就能迈得了的。如果在没有病之前,闵庆霸要是敢在街上迈四方步,闵家庄大人小孩都会把嘴撇得八丈长,说他脑子有毛病。可如今闵庆霸有病了,有和周总理一样的病了,闵家庄的兄弟爷们觉得闵庆霸的四方步迈得很有道理,就应该迈。若闵庆霸不这么迈,闵家庄的老少爷们反觉得不正常了。

在街上走,闵庆霸像干部一样,头昂得高高的。闵家庄的人都和他打招呼:"庆霸,吃过了吗?"闵庆霸就学闵宪发的样子哼一声算是应过了。闵家庄的人都觉得闵庆霸应该这样回答。人家都有和周总理一样的病了,人家这样应你那是给你老面子了。如果放在以前,他闵庆霸都是够着给人家说话:大爷,你吃了?或大哥,你哪去?或大侄子,到坡里去?被招呼的人一般都是给他点个头哼的一声算应过了。如若说吃了,或到坡里去,那就算是对他闵庆霸最大的尊敬了。闵庆霸就会激动地一天睡不好觉。

闵宪发迎面走了过来,闵庆霸才想开口招呼,闵宪发先说了:"庆霸,吃了吗?"说着,闵宪发丢给了闵庆霸一支烟,是带锡纸的"白莲",我们滕县烟厂产的干部烟,接着问:"病怎样了?"

闵庆霸直着的腰又弯了下来,忙应道:"吃了,大叔。"闵庆霸有点自己不知自己姓啥了,你看,支书都先给我打招呼了,还先给我烟抽。在闵家庄,闵宪发给过谁烟抽?你给他烟抽他还要先看一看烟的牌子,好的,叼上,一般化的,就说:"我刚掐灭,嘴苦。"而像现在闵宪发给谁烟吸,可是从没有的事。闵庆霸真有点受宠若惊,说:"大叔,好多了。我好多了。"

闵宪发说:"这是个富贵病,可得要注意了。"

闵庆霸说:"我注意着呢。我注意着呢!"

闵宪发说:"真想不到,你能得上这么个病!不容易啊!真不容易啊!"

闵庆霸说:"是啊。是啊!"

闵庆霸在闵家庄得到了空前的尊重,原因就是他有了周总理有的那种病。为此,他进入了我们村的"人头"行列。"人头"就是我们村的一些有威望的或是有名望的人,在村里的红白事上也就是站站场,助助威,以代表闵氏家族的脸面和尊严。一到这一天,闵庆霸就把自己的毛胡子脸刮得紫青,他专门往显眼的地方站。大伙就说:"大叔,来执事!"闵庆霸就点了点头说:"来操点心。"然后他就安排张三去干这个,李四去干那个,把人指使得带不住帽,吓得大伙都不敢往他跟前去。只有几个和他一样执事的上岁数的坐在他跟前,问他:病怎么样了?闵庆霸就说还是那个样。

大伙就学着支书闵宪发的样子说:"可得注意了,这是个富贵病。"

闵庆霸说:"就是,我很注意的。不论怎样,我得对得起周总理得的这个病吧!"

转眼一年过去了,闵庆霸越活越精神。这一天,大会计闵庆化的父亲去世了,也是请闵庆霸来执事。闵庆化的同学——滕县人民医院的章法大夫也来了。章大夫看到闵庆霸很吃惊,就问闵庆化:"那个人是不是你们村的?"闵庆化说:"是,他叫闵庆霸。是我们村的一个五保,我得称呼他哥。"章大夫说:"他不是得了膀胱癌吗?"闵庆化说:"是不是周总理得的那种病?"章大夫说:"是,那叫膀胱癌。"闵庆化说:"当时你还给他开了证明的。"章大夫说:"是啊。可现在我看这个闵庆霸就像一个好人一样,哪像有病的样子?难道他的病好了?不可能的,我当时看他的病能撑也就是半年。"

闵庆化问:"这是怎么回事?"

章大夫说:"这样吧,等你把老人家的后事处理利索了,你带着闵庆霸到医院里来找我。我想再重新给他检查一遍。你放心,我不让你们大队花一分钱的！"

闵庆化说："那太好了,我代表闵庆霸谢谢你！"

章大夫说："不用谢,这是我份内的事！"

没过几天,闵庆化就带着闵庆霸到了滕县人民医院。章大夫在。章大夫领着闵庆霸进行了一次彻底的检查。透视了,拍 x 光了,检查的结果让章大夫目惊口呆。闵庆霸原先的膀胱上癌细胞什么的都没有了,也就是说:闵庆霸什么病也没有,是一个健康人了！

这太不可思议了。章大夫是一个很清醒的人,他马上意识到这将是一个伟大的发现。你想了,我们敬爱的周总理得的病都没看好,而闵庆霸是得了和周总理一样的病的人,没经过什么治疗却痊愈了。这对全世界整个医学界来说不能不算一个大发现。章大夫想,如果把闵庆霸的病例的状况和他这一年来经过用论文写出来,说不定我就一夜成名天下知了。想到这儿,章大夫仿佛看到了自己今后那光辉灿烂的前程。章大夫用颤抖的声音告诉闵庆霸："你的病好了。你什么病也没有了！"

闵庆霸听到章大夫给他说这句话时,有点不相信。闵庆霸："我有膀胱癌,咋能没有了呢？"

章大夫高兴地说："你的病已好了。也就是说,你现在是一个健康人了。是一个正常人了！"

闵庆霸说："不会的,我有病,我有的是周总理那样的病。我咋能没病呢。你别宽我的心了。"

章大夫说："我不是宽你的心。你现在已经好了。"

闵庆霸说："你一定弄错了。当医生的你怎么能这样马虎呢。我告诉你,我有膀胱癌,还是你给我看的病呢,你看,你还给我开的证明信。"

章大夫有点哭笑不得。站在一旁的闵庆方说："大哥,章大夫没有给你说谎,也不是宽你的心,也没有给你看错,你的病已完全好了。"

闵庆霸说："不会的。周总理都没有好,我就能好了？"

闵庆化说："周总理是周总理,你是你,你咋能跟周总理比呢？周总理的

病不能好,你的病能好!"

闵庆霸的头低下去了。闵庆霸说了一句闵庆化和章大夫都没听懂的话:人和人到底是不一样啊!

闵庆霸就是这样低着头回的闵家庄。闵家庄的人见闵庆霸和闵庆化回来了,就问:庆霸,病怎样了?闵庆化就回答:"好了,好了。"

人们就说:"我说庆霸不是得的周总理那样的病吧。得周总理那样的病哪能这样轻易地好?肉身凡胎还想得周总理那样的病,美的你呢!"

闵庆霸的脸明显的就长了。闵庆霸就给闵庆化说:"我的病你说它咋就好了呢?"

闵庆化说:"好了好呀,好了你不就是正常人啦?好了你不就什么心事也没有了?"

闵庆霸说了一句闵庆化到死也没弄明白的话:"你懂个屁!"闵庆化当时看着闵庆霸又弯下去的腰想:你才懂个屁呢!

闵庆霸病好的消息没用多大会儿闵家庄就全知道了。当然,那天也是大队开会。闵庆化就在会上把闵庆霸在医院检查的情况给支书闵宪发说了。闵宪发听了说:"好了好。好了好!"

闵凡雨在一旁说了:"他能有周总理那样的病?他也不看看自己是什么人?周总理是什么人?是国家总理?他闵庆霸是什么人,是闵家庄的一个小社员?还拿着证明信?证明信就是个准啊?"

闵庆化在一旁说了公道话:"章大夫是我的同学,闵庆霸的病是他看的,也是他给确诊的。过去的一年里,闵庆霸确实是有膀胱癌。"

闵凡雨说:"过去是过去,现在不是好了。我是说,闵庆霸有这个病不知是他什么时候烧过高香,老天照顾了他这一年。按他那命,他能有周总理那样的病?鬼都不信!"

一些干部就随和:"就是就是。他闵庆霸能有那么富贵的病,那是老坟上冒烟了呢!"

闵庆霸在街上走,也不像以前那样受人尊重了。村里的红白事上也没有人再请他执事了。人们就不理解："庆霸,你的病咋就没有了呢?"

闵庆霸说："就是,我也弄不明白。病好好的,咋就说没有就没有了呢?"

大伙就说："我们是在问你呢!"

闵庆霸说："我咋知道呢?说着,闵庆霸把那个已经破碎的不成样子的证明信掏出来说,你看,证明信上写得清清楚楚,我还能骗你们?"

大伙说："现在什么都有假,谁能证明这信有假呢?"

闵庆霸不知说什么了。

这一天,闵现亥到了庆霸的家。当时闵庆霸正在床上躺着。看到闵现亥来了,只是说了声："来了?"

闵现亥有些不高兴说："你看你庆霸大的,你得叫我个叔,没大没小的。"

闵庆霸说："叔,啥事?"

闵现亥说："没啥事就不能来?来看看你病好了没有?"

闵庆霸说："大夫说我的病好了,可我咋觉得越来越厉害了呢?"

闵现亥说："庆霸,你看你这一年欢得就像龙羔子,你哪像有病的样呢?要按我说呢,你这是心病。庆霸呀,你这一招真是太高明了。真是高家庄,马家河,高,高,实在是高啊!"

闵庆霸的脸就有些红了说："我那时是真的有病,真的是有周总理才有的那病。"

闵现亥说："庆霸啊庆霸,你可真有一套啊!"

闵庆霸说："什么,你,你不相信我?"

闵现亥说："现在咱们一村都在说你这件事,都说你癞蛤蟆想吃天鹅肉,想有周总理那样的病,等下辈子吧!"

闵庆霸说："我有证明信呢。我原来就是有的这病,你们咋能这么说呢!"

闵现亥说："证明信就没有假的了?当然,你的不是假的,但有病就不好了?你好了就是好了,你还装什么呢?还非想赖着有病,我看了,你庆霸是精神上有问题了。"

闵庆霸没有吱声。

闵现亥说:"庆霸,咱们是个小烂社员,就好好地当咱的小烂社员,别整天价净想着高桌子矮板凳的,人啊,自己一定要有自己的数!"

闵庆霸还是没有吱声。

最后闵现亥说:"庆霸啊,别在装了,该干什么就干什么吧!"

可闵庆霸的病却越来越厉害了,又开始尿血了。闵家庄的人都说,闵庆霸的病不是好了吗?他这是咋了?

这天闵文书把支书闵宪发叫去了,说他叔庆霸不行了,有句话要给他说。闵宪发不相信,说:"不是病好了吗,咋回事?"就去了闵庆霸家。

闵庆霸此时是光有出的气没有进的气了。他看到闵宪发来了,眼里便闪出一丝光芒,他抓住闵宪发的手,好像是用毕生的力气说:"我真的是有的和周总理一样的病啊!"说完,便直挺挺地倒了下去。

闵文书用手拭了一下闵庆霸的鼻息,说:"走了。"

闵宪发用手弹了弹闵庆霸抓过的地方,其实那地方什么也没有,闵宪发还是弹了,不弹他不放心。闵宪发看了闵庆霸一眼说:"走了好。走了好。"然后就迈着四方步,走了。

在埋完闵庆霸的第二天,给闵庆霸看病的章大夫来了。章大夫这次来是怀着无比激动的心情来的。当今世界上都看不好的病,在他这儿却好了,章大夫有什么理由不激动呢。章大夫想:我如果把闵庆霸的这个病例整理出来,把他如何进行食疗的论文写出来,说不准我就为世界医学界填补了一个空白,为人类的医学事业做出了大贡献。

章大夫先到的他的同学我们村的会计闵庆化家。闵庆化说:"你来晚了,闵庆霸死了。昨天刚埋了。"

章大夫不相信。打死他也不相信。闵庆化就领着他到了闵庆霸的坟前。坟很新,还散发着泥土的清香。章大夫围着坟子转了半晌午,一边转着一边说:"咋回事呢?明明没病,咋就死了呢?"

后来章大夫的论文终于没有写出来,每当说起此事,章大夫总会非常的懊恼说:"我可让闵庆霸把我坑坏了!"

和父亲有关的植物

荠　菜

（一）

什么都是有味道的。

父亲对我说这句话的时候手里拿着一株植物。这是2009年的冬日。凛冽的风里不光长满了骨头，还夹杂了刀子等锐利的铁物，我即使穿了羽绒服之类的防寒衣物还是不能阻隔它的力度和劲道，它的张狂和霸道。这是来自西伯利亚的寒流，它的无情和凶狠，它的热烈和蓬勃，让我认识了另一种力量的强大，它让我走进了另一个季节，那就是冬日。一到这个季节，我的心就会莫名其妙地提起来，提起来的原因是乡下我的父母，他们都是年过七十的人了。岁月的风霜已经吹干了他们的面庞，榨干了他们的体力和精气。这个寒冷的日子他们始终是我的牵挂和揪心。于是我就比另外的季节回家要勤，关键是去看看我的双亲。他们如果高兴快乐，我就会高兴快乐；他们要是身体那个地方不舒服，我就会几天睡不好觉。因为他们是我的源头，我的根。

那天我到老家时，父亲正在菜地里。头天夜里的霜太激烈了，至今地上仍白茫茫的。父亲的气色很好，喘气也较顺溜。父亲有气管炎，大前年夏天厉害，喘气像拉风箱，住了十多天的医院。那段时间可把我急死了，看着父

亲喘气费力的样子,我就感觉世界末日来临似的。

看到父亲身体这么好,我很高兴。父亲已把该拔的萝卜拔了,该铲的白菜铲了,园里除了还有一些越冬菜外,其他都是空荡荡的了。我不知父亲为何蹲在空地里,就走过去。

父亲从地里剜出一棵植物,把它放到鼻下,抽搐了几下鼻子,然后对我说:什么都是有味道的,有点冬天的味道。好闻!我知道父亲手里拿着的那株植物是什么,那是我小时候最爱剜的野菜——荠菜。荠是长在冬天里的野菜,为十字花科植物,《本草纲目》上把荠菜称为"护生草"。李时珍说:"荠生济济。故名荠"。释家取其颈作挑灯杖,可以辟蚊、蛾的危害,护民众之生存,故名护生草。

小时候,我最爱做的事就是挎着篮子和奶奶一起去地里剜荠菜。那年月,粮食不够吃的,为填饱肚子,野菜就成了宝贝。我记得小时候剜野菜的情景,个子很矮的我每次都能剜很多,可和我们一块剜野菜的大个子哥却每次都剜的很少。他每次都找不到原因,我却知道,野菜一经严寒,一经霜打,那种嫩绿就变老成了,变得紫黄,就和大地一个颜色,成为了土地的一部分。我个子矮还好辨认;个子一高,却很难发现。奶奶说我眼尖。我说不是的,我是个子矮,离野菜近,好找。奶奶后来对大个子哥说:谁和土地贴得近,谁就会剜得多。你要想剜得多,你就得把腰弯下去!

弯下去,代表着要像荠菜一样敢于经过严冬,敢于走过炼狱。只有这样,才是一棵真正的荠,身上才会有荠菜的味道。那味道虽然有着凛冽的质地,虽然有着清凉的内涵,虽然有着别人不能忍受的失落与孤独,但他的血液是沸腾的,他的目光是坚定的,他的生命是不屈的。

(二)

我特别爱吃荠菜。无论做咸糊糊,包饺子,或者开水煮了凉拌吃,还是烧野菜汤,我都喜欢。同是荠菜,可我不喜欢吃塑料大棚里的,总感觉那菜胎没筋骨,是假冒伪劣,枉叫了荠菜的名字。后来我才明白,我喜欢的其实还是荠菜身上的味。那个味是严寒给的,是冬天给的,说到底,那是冬天的味!

父亲常对我说,什么都是有味道的。小时候我问,春天有味道嘛?父亲说有,咋没有呢!说着父亲递给我一把麦苗。父亲说,屏住气好好闻,你就会闻出春天的味。我接过麦苗仔细地闻,只闻到甜甜的、凉凉的麦苗的汁叶的气味,其他什么也没有。父亲对我的答案摇摇了头,只是说,你还小,你还闻不出麦苗的真正味道。我问父亲我什么时候能闻出来,父亲说,等你长大的时候。

如今我长大了,我知道了任何东西都是有味道的。我也明白,我所做的每一件事和我说的每一句话也是有味道的,当然,我写的文章也是有味道的。我总是想让我的味道充满着花朵的芬芳,不要成为这个社会的污染和人们嗤之以鼻的对象。所以我夹着尾巴做人,认认真真地微笑,唯恐一不留神,自己那不好的味道坏了人们的心情。

父亲把荠菜递给了我,父亲说,荠菜如果不经过冬天,那叫草。只有经过了冬天,才能叫菜。是啊,不经霜冻,不经雪盖,不经风吹,荠菜是没有味道的,即使有,也是淡淡的、清清的,稀汤寡水的,经不起推敲的。只有经过了冬天,经过霜染雪压,她身上才会有那刚烈的、倔强的、清新的、甘凉的味道,那种味道让人感觉到坚强与韧性,承受与担当。那是男人的品性。

父亲对我说,想知道冬天的味道吗?那就闻一下荠菜,因为这是冬天的味道啊!

这时虽然有猎猎的寒风在刮,看着父亲那被风吹乱的头发和沧桑的笑容,我猛地感觉:父亲真是乡野冬天田埂上一株任性的荠菜。

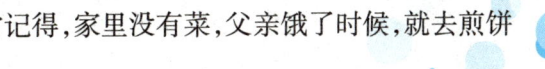

大　葱

父亲爱吃大葱,小时候我常记得,家里没有菜,父亲饿了时候,就去煎饼

筐里摸一个煎饼。煎饼是我们鲁南这儿的主食,就是把小麦、玉米、地瓜等粮食用石磨磨成浆状,然后在鏊子上滚烙而成的圆形的成纸状的食品。一般是滚烙好折叠成书本一样,放在纸箱或条编成的筐子里,随吃随拿。父亲拿了煎饼,然后去家前的菜地里拔一棵大葱,把根和葱叶掐了,放在掰开的煎饼里,卷上,就像扛着一个大喇叭,大口扁腮吃起来。从菜地回到家,一个"大喇叭"也就被父亲消灭了。父亲常说,葱是好东西。每年我家菜园里,都要种上葱。有春天的小火葱,大了叫香葱。也就是在年前收秋时撒的种,到下雪时,就会长出一地的绿针,那就是葱苗。葱苗是不怕雪的。但最好在冬天来的时候在葱苗上盖些什么。父亲常盖得是草木灰,给葱苗盖上有二指深。就好比给葱苗盖上了一床大棉被,葱苗就不怕冬日的寒冷了。这样到了次年春天,就能吃羊角葱了。每到过年时,母亲常常买上十来斤豆腐。煮熟放到大盆里,再在上面撒上五香面、盐末等调味品,然后把盆口密封放到炉火旁。正月十五过后,豆腐就开始变臭了。这时还不是吃的时候,最好是到了二月二龙抬头的时候,那时候,天暖了,羊角葱长出来了,用它来拌臭豆腐,啊,那真是世上最鲜的美味了。小时候我特爱吃,每次我都在煎饼里抹上厚厚的一层小葱拌的臭豆腐,真解馋啊!但父亲最爱吃的还是大葱。大葱一般是在春天育苗,在夏季移栽,在冬天收获。这叫做夏种冬收。大葱又称芤、菜伯、和事草,又名鹿胎。在《本草纲目》中属菜部荤辛类。李时珍说,草木中可吃的称为菜。韭、薤(xie,为火葱)、葵、葱、藿为五菜。《素问》中说:五谷为养,五菜为充。所以说五菜能辅佐谷气,疏通壅滞。生命所育化,本在五味。五脏之亏损,伤在五味。调和五味,使脏腑通,气血流,骨正筋柔,便可以长寿。所以《黄帝内经》教导人们:食医有方。菜对于人,补益不小。特别大葱,无论生吃还是做汤,都对人体百益无一害。小时候,家里穷,我一感冒或者伤风头痛了,母亲就会让父亲去菜园里剜几颗大葱,她把葱头加醋给我熬上半锅水,让我趁热喝了,然后发汗。第二天,那些病也就烟消云散了。现在看来,母亲的葱头汤比感冒通什么的强多了。葱有很多种,其中山葱曰茗葱,治病用的是胡葱。能食用的葱有两种,一种叫冻葱。就是经冬不死,分茎栽种而不结子。另一种叫汉葱,一到冬天,雪霜一打,叶子就枯萎了。食用和入药最好的是冻葱,气味香不说,药用疗效也强。冬葱也叫慈葱,还叫太官葱,就是俗语说的羊角葱。南方叫香葱,茎柔细而香,过冬不枯,酒席间用之。汉葱又名木葱。茎粗硬,故有木名。冬葱不结子,汉葱春末开花成丛,青白色。汉葱可种可分栽。我们日常生活中所吃的葱就是冻葱,夏种冬收。每年一入冬,我就回家去,有时赶上父亲刨葱,父亲就给我一捆,够一个冬天吃的了。在我家,大葱常为菜附子,作调味用。做菜时,切一些放在油锅里,能使做煎、煮、熬、炖出来的饭菜鲜美。父亲说,大葱也叫菜伯,和事,知道它为什么叫这个名字吗？我摇了摇头。父亲说,我听长辈说,葱的味道虽然辛辣,但他的脾性随和,与什么东西都合得来,所以我们做的每道菜都用它做菜附子,它能给每道菜肴增味增香,所以就叫他菜伯,和事。我点了点头算是知道了。父亲看着葱说,你是乡下人出去的,你在外面工作,要学葱的脾性,与人要随和,能帮人的就帮人,不能帮的尽量不要给别人使乱。活在世上的人都是苦虫,都是阳间的混世鱼,大家都不容易,不要给别人摆架子,拿捏人家,那样的人是没有德性的,也是不长远的！我说父亲放心吧,我是什么样的人你是最清楚的,就是你使劲的叫我坏,我也坏不过秦桧陈世美！父亲看我说话没正行就把脸绷住了。我知道父亲嫌我嬉皮笑脸了。我随即也一本正经起来。问父亲,佛教中把葱作为荤类食品,这是为什么？父亲说,我寻思着,一是大葱有不好闻的气味,吃了大葱,如果再开口念经讲经什么的嘴里就有一股气味,如和众人在一起,污染周围的空气。二是大葱不光驱虫解毒、发汗解表,而且还能通阳活血,有壮阳之效。我想了想,父亲虽然不是佛教徒,但分析的也有道理就点了点头。父亲继续刨着葱,过了一会儿他问我,葱是这些菜类当中我最喜欢的一个,知道是为什么吗？我说,是不是大葱不光能为每道菜提味添香,并且还能防治疫病。父亲说,这只是其中的一个方面,说起来只为六个字。我问哪六个字？父亲说:清白,正直,虚心！父亲说的清白我知道那是指大葱的葱白。大葱一共分三部分:葱根、葱白、葱叶。我们主要食用的就是葱白和葱叶。大葱的葱白洁白而味甜,生食熟食皆宜。正直是大葱的生长特点。葱从栽上起就不生旁枝,只是一个劲的直条向上生长。可虚心我却不知父亲从何说起。父亲看我皱眉,知道我在想什么,他拿起一根葱叶折断,外直中空。我知道父亲说的虚心是指什么了。父亲说,作为父亲,我不指望你有多大成就,但你能做个像葱一样的人,我也就心满意足了!看着在寒风中弯腰的父亲,看着这一辈子正直立身、清白立品、虚心立人的父亲,我想,我能做成一个像父亲这样的人,也就问心无愧了。